大美中国

美中国——

天下行囊

程绍国 ◎ 著

三环出版社
SANHUAN PUBLISHING HOUSE

图书在版编目（CIP）数据

天下行囊 / 程绍国著. -- 海口：三环出版社（海南）有限公司，2024. 9. --（大美中国）. -- ISBN 978-7-80773-324-9

Ⅰ. I267

中国国家版本馆 CIP 数据核字第 2024WZ9413 号

大美中国　天下行囊

DAMEI ZHONGGUO　TIANXIA XINGNANG

著　　者	程绍国
责任编辑	符向明
责任校对	张华华
装帧设计	吕宜昌
出版发行	三环出版社（海口市金盘开发区建设三横路 2 号）
	邮　编 570216　邮　　箱　sanhuanbook@163.com
社　　长	王景霞　　总编辑　张秋林
印刷装订	三河市同力彩印有限公司
书　　号	ISBN 978-7-80773-324-9
印　　张	13
字　　数	150 千字
版　　次	2024 年 9 月第 1 版
印　　次	2024 年 9 月第 1 次印刷
开　　本	690 mm × 960 mm　1/16
定　　价	68.00 元

天下行囊
Contents 目录

周口三题

看周口，凡三天。人祖伏羲墓，老子故里，孔子弦歌台，西华女娲城，大程书院，袁世凯出生地。谢灵运像是我的半个温州老乡，他的根也在周口。中原的文化积淀，叫人震撼！作周口三题，以为景仰。

骑着青牛的老子

阳光很好。

《史记》说，老子姓李，名耳，字聃，生于苦县（今河南省鹿邑县）。苦字作为县的名称很有意味，也有意境。苦县后来改成鹿邑且，沿用至今。鹿邑就是有鹿的地方。鹿邑的县长对我说，野生的鹿现在是没有了，但有许多人工养殖的鹿。看来真是宜鹿之处，想见当年泥土肥沃，草

◎ 老子升仙台

木葳蕤，万物疯长。

今天的太清宫，场面恢宏。占地多少？不知道。反正大得不得了，可以跑马，可以飙车，足见当地人的景仰和苦心。我想，可以把怎么大，用来纪念老子都是合适的，都不显得过分。这是多么伟大的哲学家和诗人啊！

他主张"无为"。可以把"无为"理解为"有所不为"。什么事都不要干，老子不会那么傻。吃玉米，就得干农活；尝鱼鲜，

© 老子诞生地

就得围鱼。他不会排斥好生活，若有电脑，他不会把竹简背来背去；若有汽车，他也不会踽踽骑着青牛。"无为"的背后是"道"，道就是自然规律。他生就是告诫人们不要做无中生有的事，不要做违反自然规律的事。他活在周朝瓦解的时候，列国觊觎、争斗、讨伐；各国横征暴敛，视民如草芥。无为而治，就是对统治者的劝阻和制止。要"清静"，让人民"养生"去。他认为，自然界博大无边，欲望又无止境，要以有限的生命，去追逐无穷的名利，整天患得患失，这不对。主张"见素抱朴，少私寡欲，"保持一颗平常心。

我的家乡温州是"敢为天下先"的一座城。老子《道德经》云："不敢为天下先。"温州人是反老子而行之。温州地小人多，交通闭塞，温州人豁出去了，拼死拼活，总算开辟一片天地。可歌可泣！我在老子的诞生地，唏嘘不已。

老子诞生地，屋前有两棵千年古柏。绿荫如盖，而树干上皮毛已无，奇怪的是，一棵树干纹理左转，一棵树干

纹理右转。一部《道德经》，跳出"阴阳"两字，许多哲学思想被这两棵树形象化了：有与无，盈与亏，正与反，先与后，智与愚，强与弱，刚与柔，利与弊，祸与福，生与死……

人的幸福度是一样的。皇帝拥有江山，拥有无尽的权力、金钱，拥有三千粉黛。皇帝幸福吗？不见得。你数吧，数到今天，有几个快活的皇帝？

空旷的太清宫，灿烂如金。恍惚间，见老子骑着青牛，悠闲地踱步。司马迁说他也许有 200 岁，起码也有 160 岁。我怀疑这种说法，怀疑老子那个时代的营养和医疗水平。普遍说他比孔子年纪大而死得晚。《史记》说孔子多次求教于老子，韩愈也说孔子师从老聃，那么老子年纪大，当是事实。死得晚却缺乏根据。道教

© 老子母亲之墓

重养生，老子是鼻祖，这种说法可能是人们的一厢情愿。但老子长寿这一说法，理当不错。为什么长寿？看看《道德经》，我认为是因为他看透了世界，一直保持愉悦的心情，不苛求、不生气、不愤懑、不争斗，没有屈原的刻骨痛楚，也没有鲁迅的忧愤深广。

屈原、鲁迅可歌可泣。但一个人改变不了世界。比如反封建，还是要有长期的思想准备，还得慢慢来。

发现若干香客，跪拜于老子像前，以求升官发财。窃笑，走错地方了，我们的李先生是不会保佑你的。

被围困的孔子

在周口，孔子曾被人围困七天，没有饭吃。当时的孔子，在陈国和蔡国边界，一个叫南坛湖的小岛上讲学。楚国便派人来接孔子去答礼，陈国和蔡国的大夫嫉妒了，叫服劳役的人把小岛围困起来，不让孔子走。苦啊，许多弟子饿昏了，无精打采。吃一点蒲根，孔子依旧给弟子们讲学、诵诗、唱歌、弹琴，"弦歌不衰"。直到楚国派兵来，把他接走。

孔子被围困过不止一次。孔子被围困似是一种象征。老人家学问道德，高山仰止，他不仅爱自己的鲁国，他同样满腔热情于其他国家，可谓国际共产主义者也。老人家一生不得志，列国国君多说欢迎他，可叶公好龙，最终总是抛弃他。他没法突围。便是自己，同样充满矛盾，或者可以说，老人家常常自我围困。

孔子学说的核心不是"仁"吗？"仁"即"爱人"，还说"己所不欲，勿施于人"。提倡德治和教化，反对苛政和刑杀。可他刚一得志，不是立即斩杀大夫少正卯没商量吗？在齐鲁国君夹谷相会时，齐国那时弱小，叫上一群"优倡侏儒为戏"，娱乐娱乐，不想却触痛了孔子"礼"的神经，命令把他们杀了，"手足异处"。有话慢慢说，有问题你向齐王提出来就是了，娱乐圈里的人有什么罪呢？他们只是唱唱堂会而已。你不是重视"乐"吗？倘若离"韶"太远，你就不听不见也罢，可是你却生那么大的气，竟把别国的演员给腰斩了！齐王挑来的艺术家，你怎么下得了手呢？这无论怎么说都是说不过去的，也是不合"礼"的。在这里，孔子不可怕吗、不狰狞吗？

《史记》说，孔子是他的老父亲和颜氏少女野合而生。"孔子贫且贱"，管过仓库和牲畜。有一回赴宴，被人拦住，当面说他不是名士。照理说，孔子在男女问题上，起码是通情达理的，可他不，当了大司寇，政绩竟有"男女行者别于涂"。就是说，男女都分路行走。从前男女可以一道走路，现在硬是被孔子拆开来了。不荒唐吗？荒唐。说"食色性也"，只是把女人当作宣泄的工具。"唯女子与小人为难养也"，骨子里就是歧视。"君君，臣臣，父父，子子"就是严格的秩序，是中国封建统治的理论基础。君王再怎么昏庸，臣子也得绝对听话，老百姓更不能揭竿而起。"父父，子子"就是没有母亲和姐妹的地位。孔子弟子三千，贤者七十二，没有记载中间有女性。孔子的政治理念，就是要维护贵族等级秩序。这是老人家一生最着力的地方。可是奇怪，晚年时候，这位摆着脸孔教训人、规划人的老夫子，忽然风流起来，竟赞许曾点的志向："莫春者，春服既成，冠者五六人，童子六七人，浴乎沂，风乎舞雩，咏而归。"而且编《诗经》

时，把"窈窕淑女，君子好逑"的《关雎》排在开篇！

又是矛盾。

南坛湖中，台上现存建筑有二门，正殿七间。飞檐斗拱，绿色琉璃。周有青石方柱24根。正门石柱上镌刻对联："堂上弦歌七日不能容大道；庭前俎豆千年犹自仰高山。"水静千年如旧，所见残荷满眼。孔子思想甘饴于数千年的皇帝，水火于民主与自由。这是孔子的最大错误。但不能因为希特勒利用了尼采的思想，就把尼采钉在耻辱柱上。孔子被各取所需了，但孔子毕竟是圣人，许多思想仍然有益于世道人心，只是有人讳莫如深罢了。比如"有教无类"，就是说，在教育面前人人平等，人人都有相同的受教育的权利，穷人的孩子也好，富人的孩子也好，官僚的孩子也好，平民的孩子也好……咳，孔子还是被围困了。

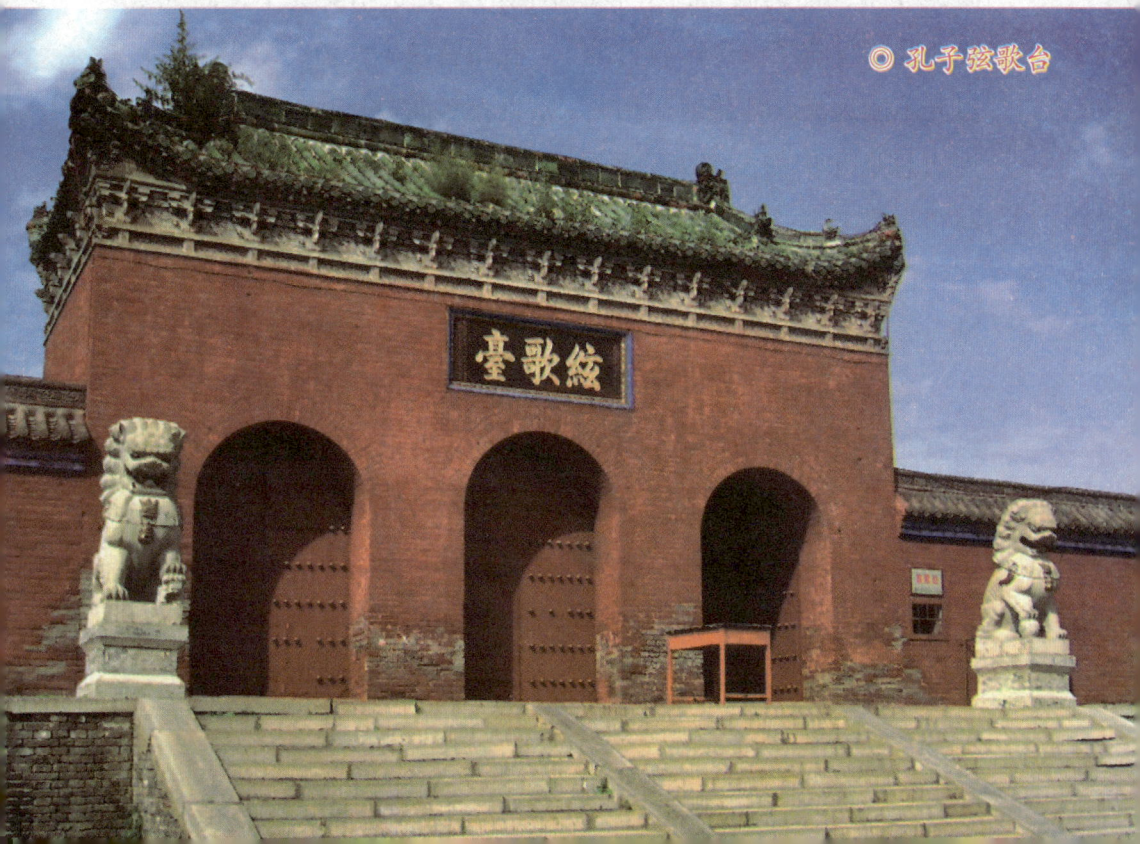

◎ 孔子弦歌台

穿着登山鞋的谢灵运

谢安谢玄叔侄是周口太康人，谢玄的孙子谢灵运出生于浙江上虞，他也认为自己是周口太康人。今人郑振铎生于温州，长于温州，高中毕业才离开温州，但他从来自称福建人。盖认的是祖籍，这是一种悠久的传统。

淝水之战，谢家军打得漂亮。谢玄屡战屡胜，终成高门领袖。谢灵运袭爵为"康乐公"，便是在后来的刘姓王朝那里，也是"康乐侯"。高贵的门第，于谢灵运，是好事，更是坏事。少年时，接受良好的教育，才学出众。谈笑有鸿儒，往来无白丁。高踞北京，匍匐温州，情形是不同的。北京精英荟萃，高人云集，北京打响了，全国就打响了。温州就缺少交流，缺少指点，目光不能远大，才华终于枯萎。富贵青年谢灵运，在南京走动，周边总是才华横溢之人。虽然有点亲戚的书圣王羲之早死了，写得一手漂亮行书的族曾祖父谢安也在他出生的那一年去世了，但王谢家族几乎全是好艺之人。因之谢灵运诗好书好，人见人爱。

豪门之后，并生两个毛病，一是骄纵，二是贪图政治。骄纵就是轻狂，自由散漫，不管规矩，目中无人。当官要像个当官的样子，动辄称病，动辄辞职。杀鸡一样杀门人。《宋书》说他"性奢豪，车服鲜丽""游娱宴集，以夜续昼"。《宋书》作者沈约，和谢灵运同为南朝人，说话最为权威。到温州工作，太守相当于现在市委书记兼市长的角色，可他什么事都不干，穿着自制的登山鞋，整天游山玩水。"肆意游邀，遍历诸县，动逾旬朔。"当初连个小灵通都没有，温州城出大乱子时，怎么联系你呢？当然，他是不管，他有思想准备，所以十天半月不回来。他率众从上虞砍树开道，直到临海，临海人被吓个半死。他还侵占百姓湖田，"横恣不已"。在南昌当官，恶习不改，政府抓他，他竟举兵抵抗。

刘裕和谢家原有矛盾。刘裕在诛杀谢混，稳定了政治形势以后，立即转过来对谢家表示优容宽大，不但没有株连一人，而且改授谢灵运为太尉参军；宋文帝即位，杀了有拥戴之功的徐羡之、傅亮和智囊谢晦，又立即征召被徐、傅排挤的谢灵运入都，授为秘书监。刘裕父子这种一打一拉的策略不仅是一种姿态，目标也不仅止于谢灵运一个人。按常理而论，新王朝的统治者对在政治上反对过他们的人如此优容，谢灵运即使不感激涕零，肝脑涂地，至少也应该韬光养晦，维持表面上的融洽。但是谢灵运没有做到，或者说根本不肯这样做，何也？《宋书》说得明白，谢灵运"自谓才能宜参权要"，他要当大官权臣。他和庐陵王刘义真有交情。刘义真原有做皇帝的可能，但终被诛杀。当着不冷不暖的官、不死不活的官，谢灵运的文人臭脾气就出来了。骄纵，是闹别扭，实际上是贪图政治而不得的反应。最终他"构扇异同，非毁执政"，在广州，被皇帝下诏杀头！死时48岁。

呜呼！谢灵运之死，死于显赫门第，他不能以一介平民活着，即使是一个诗人。他忘乎所以、摆不正自己的位置。给你个官儿当，皇帝是做样子，实是平衡，所谓"以大局为重，以稳定为重，以和谐为重"。你却闹脾气，撕破脸皮。小打小闹还可以，你却动到了皇帝的统治底线。尽管秀才造反，可已授人以柄，杀了正好。

李白云："谢公宿处今尚在，渌水荡漾清猿啼。"苏东坡云："自言官长如灵运，能使江山似永嘉。"景仰有加。晋末南初，清谈玄言，实是"空讲"，谢灵运的山水诗，石破天惊。写在温州的《登池上楼》，千古绝唱。但综观谢诗，好句多，佳篇少，有待发展。他只有48岁，倘若不那么热衷于政治而专注于诗歌创造该有多好。

可叹可叹！

中原三个

一个寺

电影《少林寺》及其插曲《牧羊曲》使少林寺更红。《少林寺》实际上拍得很一般，但在 1982 年，国人文娱饥渴，尤其这是第一部武打片，因此电影院外拾鞋者众多。先锋评论家李陀都著文叫好。而少林寺还真不错，我这是第二次过来，第一次在三年前的大年初一，北国冰封，嵩山雪满，冷风飕飕，导游嘴巴哆嗦，讲解听不真切。这回就不同了，是市委宣传部副部长做的导游，言简意赅，深刻扼要，好东西都被我听来了。

我最感兴趣的是塔林。各地多塔，没有什么了不起，几个塔在一起所见亦多；可少林寺的塔林实在是了不起。塔林简单说就是历代少林寺高僧的坟墓，骨灰或尸骨放入地宫，上面造塔，以示功德。佛门等级森严，下层和尚是没有这个福分的，想也白想。从唐朝开始，至今已建二百四十余座。形态各异，或方形、六角形、圆形、柱形，或锥体、瓶体、喇叭体，不一而足。形态各异与时代建筑特点有关，也与高僧在佛教中的地位、佛学修养、僧徒多寡以及威望高低有关。有一个新砌的大塔，副部长对

○ 少林寺塔林

我说，这位高僧还活着（呀！我惊叫），85岁了，塔就是他自己监制的（呀！我又惊叫）。别致宏伟，塔前有进入地宫的小屋。而塔身周围雕刻飞机、轮船、电视机、手机……满满是现代化的玩意儿。不过真的没有雕刻美女在上头。我理解这是与时俱进，也是应当的。联想到一次去佛门吃素，明明看上去是鸡、鸭、鹅，可伸箸，却全是豆腐做的。他们一旦圆寂，进入九天或者九泉，是否对真鸡、真鸭、真鹅大撮一顿呢？我不禁莞尔。

副部长说，少林寺的和尚是可以开荤的。"酒肉穿肠过，佛祖心中留。"这是唐太宗李世民特许的。为什么李世民特许少林寺呢？说是隋末唐初李世民被叛军所困，是少林寺13个和尚出手救了他。李世民还对参战僧人各有封赏，除一个被封为"大将军和尚"之类的名衔外，其余 12 人都不愿意受封赏。特许是一回事，被不被特许是另外一回事。

我敬服这 12 个和尚。他们虽然被特许，但鸡鸭鹅没有吃得满嘴是油，他们是有真信仰，如同出手救李世民一样。这是操守！

在少林寺，有一个故事让我觉得惊心动魄：立雪断臂。禅宗是佛教的一派，始祖叫达摩。达摩是释迦牟尼第二十八代佛徒，他不远万里来到中国，来到少林寺。少林寺成了禅宗祖庭。二祖叫神光，一日达摩在立雪亭处面壁，神光跟随过来。夜晚天降大雪，雪没过双膝神光仍双手合十，肃立雪中不动。达摩问其故，神光说："请祖师传授法器衣钵。"达摩答道："除非天降红雪。"神光解其意，抽出自身携带的戒刀，砍掉自己左臂，鲜血飞溅，染红了满地的白雪，感动了始祖，于是达摩收其为弟子，传衣钵法器于神光，并取法名"慧可"。老实说，我很不喜欢听旅游故事，故事大多数是幼稚雷同的，拙劣可笑的。但我喜欢这个故事，这个故事很可怕，但很美，人物有很美的境界、很高的境界。这个故事突出了"信仰"两个字。

要求每个人都有很美的境界、很高的境界是不可能的。但一个人毫无信仰、灵魂空洞那是非常可怕的。为人民服务，应当是官员的信仰，现在升官发财，几乎无官不贪。"奴仆"都这样，叫"主人"怎么办？榜样的力量是无穷的……现在的中国，很难找到两个字：崇高。非常非常可怕。

现在那个高僧早已去世，"当政"的叫释永信，持手机，坐轿车，是政协委员，我不知道他还在不在研究佛法，只知道少林寺很赚钱，有时一炷香要卖十万元。中国房价涨落跟它无关，欧美经济危机与它更是无关。我见美女主持许戈辉采、刘芳菲采访他，他笑脸盈盈，周身洋溢着类似官员和明星的满足。

少林寺去了两次，我不再去了。

一个墓

除了杜甫墓，郑州还有欧阳修墓和刘禹锡墓。杜甫墓在郑州的巩义，毗邻中国四大私人庄园之一"康百万"两公里许，上百名记者游康百万，我独拜谒杜甫墓。杜甫死在长沙到岳阳的一条船上，巩义是杜甫的原籍，杜甫有"回乡"的遗嘱，迁葬是40多年后其孙子给办的。为什么40年后才迁葬？原因简单得不行，杜甫是个诗人，不是官人或富人。

杜甫和李白齐名。我个人欣赏李白做人的潇洒和飘逸，他更像性情中人。他的诗风雄奇豪放，想象瑰丽奇美。他没有杜甫的沉郁和拘谨，少有杜甫的"忠君"思想。当然喽，一个"诗仙"，一个"诗圣"，两位蹲在唐朝，我们在世界上也很说得响。杜甫自有长处，诗体制多样，奄有众长，兼工各体，别开生面。五言古诗融感事、纪行、抒怀于一炉，博大精深；七言古诗长于陈述意见，感情激

◎ 杜甫墓，在巩义康店镇西邙岭

越沉郁，风格奇崛拗峭。五、七言律诗功力极高，后世很少有人能超过他。他的诗歌内容广阔，感情真挚；艺术上集古典诗歌之大成，并加以创新和发展，深远地影响着后世。我不多言。

杜甫的墓在一个叫康店村的小山坡上，显得萧索和清冷。文人之墓倘若宏伟，那他还是什么文人嘛！我站在杜甫的墓前，想起杜甫生前做过不少巴结权贵的事，写过不少投献应酬的诗，不禁一阵酸楚。他当年的处境一直很不好，他的愿望和现实一定存在很大矛盾。我能理解他的无奈。文人过分清高好不好？我认为不好。他有"天子呼来不上船"的诗，那是拿来称颂李白的。天子真若呼李白，李白可能也会哆嗦。李白不是怀才不遇吗？而且深信"天生我材必有用"。他也有不清高的时候。"兰生谷底人不锄，云在高山空卷舒"，写是这样写，但李白毕竟也是人，很难免俗。杜甫具有强烈的民族正气，这是他一生的主流，光照后人。这又是我十分敬仰的。你从"三吏""三别"可以看到，你从"朱门酒肉臭，路有冻死骨"可以看到，那句"安得广厦千万间，大庇天下寒士俱欢颜"，让文人们打着哭战，世世传颂。

杜甫伟大啊。

杜甫的墓是一个土堆，高七八米，宽十余米。茔墓处松柏已成荫。墓碑有三，一为当今的，二为清代的，三为唐碑，碑文依稀可辨："杜工部墓。"考古学者傅永魁叙述了此碑的来历：1958年平整土地时，在土下发现一石碑，雕刻粗糙，像是匆忙之作，此碑与当时的杜甫墓前遗存下来的底座，恰巧对接合缝，落款字迹风蚀剥落，学者以风格推断，属唐代。根据当时杜家迁葬杜甫遗骨时的财力推测，那不足1米高、质朴无华的石碑，应该系杜甫的墓碑。

770 年杜甫去世，其子宗文宗武家贫无力归葬父枢，只得把棺木暂放在岳阳平江。后次子宗武把迁葬一事交付给儿子嗣业。嗣业亦家贫不能自给，只得把此事往后推。给杜甫写墓志铭的元稹对此也有叙述："嗣业贫，无以给丧，收拾乞丐，焦劳昼夜。去子美殁后余四十年，然后卒先人之志，亦足为难矣。"

对于杜甫归葬巩义，宋司马光有言："杜甫终于耒阳，藁葬之。至元和中，其孙始改葬于巩县，元微之为志。"司马光治史严谨，一锤定音。无奈今天全国杜甫墓还有 7 座：湖北襄阳、湖南耒阳、陕西富县、陕西华阴、湖南平江小田村、四川成都以及河南偃师，都是空坟！

杜甫是怎么死的？撑死的！暮年多病缠身，与妻儿蜗居扁舟，漂泊于蜀山湘水之间。耒阳县令听说后，好心派人给杜甫送去了白酒和牛肉。过了几天，县令又派人寻找杜甫，却找不到他了。杜甫因为吃多了牛肉，喝多了白酒，活活给撑死了！撑死了，想必开箸之前是多么饥饿，又是多么兴奋啊！文人在世，日子一直不好过。

呜呼！为什么要死后"抢棺材"呢？为什么活着不去善待呢？远的不说，现代作家如鲁迅，不是"惯于长夜过春时"？老舍"配合政治"，不是也照旧自溺太平湖吗？沈从文、曹禺都被视为另类，或冷落或冷冻。我到过文学大师汪曾祺在蒲黄榆的蜗居，过道洞黑，四壁见骨，那也是夫人新华社分的房子。临终那一年，他终于分得一间房子。

一个姓

郑这个姓是个大姓。"赵钱孙李，周吴郑王"，郑排第七。这是百家姓上的排法。据说《百家姓》是北宋初年的东西，"似是两浙钱氏有国时小民所著"。为什么这么说呢？因为排姓有讲究：赵是国君的姓，理当为首。钱是五代十国中吴越国王的姓。孙为当时国王钱俶的正妃之姓。吴越在宋太祖开国后还存在一段时间，至宋太宗兴国二年才率土归降。

但毕竟郑是大姓。比如我的程姓，用温州话念和郑同音，而我介绍我姓程，别人都以为是郑成功的郑。我必须反复说我是里程的程，工程的程，程咬金的程。姓程的只有一个程咬金顶用，别人都不著名，不顶用。程用普通话念，又近陈。陈也是大姓，"周吴郑王"之后就是"冯陈褚卫"。《百家姓》末尾是"年爱阳佟"，看来，《百家姓》大体是有规律的，从大到小。

我找寻资料，中国的姓远不止《百家姓》上的400多个。《中国姓氏大全》收录了5600多个，《中国古今姓氏大辞典》收录了12000多个！连姓鼠的都有，竟然还有姓死的！

在我看来，姓什么要什么紧呢？不要紧。反正是人就是了。

在郑州做采访，有个"中国·荥阳首届郑氏文化节新闻发布会"。荥阳市书记、市长、宣传部部长……满满地坐在主席台一大排。说荥阳是"两京襟带""三秦咽喉"。说郑文化是炎黄文化的子系文化，是博大精深的中华文化的一部分。说郑氏族人兴于荥阳，遍及世界，是花开全球、根深叶茂的中华望族。说郑文化的主流就是慎终追远、勿忘族德、团结互助、见贤思齐、思念故土。说弘扬郑文化，可使郑氏子孙思古察今，团结奋进，为族地的建设、为族地的美好壮丽前景努力奋斗。我清楚了，郑氏文化节，荥阳打的是祖族牌。这张牌别致，虽然狭隘，倒也有趣。这使我想起"世界温州人大会"，温州打的正是乡亲牌。

新闻发布会一结束，便宴请我们全国晚报上百位记者。宣传部部长满脸灿烂，热情澎湃，建议大家端起酒杯，倡议为了什么干一杯，为了什么什么又干一杯，为了什么什么什么再干一杯。我惭愧，心想喝了你的酒，我能替你荥阳的建设做些什么呢？

我默默地吃。忽然宣传部部长找到了我："听说您是《温州晚报》的记者？"我连忙端起酒杯站起来："是啊是啊，谢谢谢谢！"她便拉来一位穿黑西装的小个子青年，对我说这是你温州的老乡。老乡谦谦，说自己是乐清人，在荥阳办酒厂。我问酿的是什么酒，他说就是你现在喝的酒啊。我说这酒微酸而醇香，味道有别于葡萄酒和别的酒，到底是什么酒啊？他说是石榴酒。哟，怪不得香得那么别致。他说荥阳水果之多，一是石榴，二是雪梨，三是猕猴桃。他说石榴中有一种叫类黄酮的物质，含量远超葡萄，而类黄酮这种物质，可以使人延缓衰老。他说石榴中还有一种成分（我已忘了）可缓解胆固醇的氧化作用，对人的心脏很有好处。宣传部部长插话说，这种"郑仕石榴养生酒"，先后获得了"钓鱼台国宾馆宴会用酒""中国女足征战世界壮行酒"等殊荣。不用问，这位老乡姓郑，他依托族地发展，算是和荥阳实行双赢。

次日，我去了郑成功纪念馆。这居然是温州郑氏捐资兴建的。并见到两条横幅，"天下郑氏热爱荥阳，荥阳服务天下郑氏""热烈欢迎温州市人民政府老干部考察团光临荥阳参观指导"。

我有疑问：纵使从郑氏开国太始祖郑桓公算起，郑氏难道脉脉相承，就没有分权嫁接？祠堂里七下西洋的郑和，原来就姓马，明初入宫为宦，后随燕王起兵有功，才赐姓郑氏。有人在孔府旅游，见孔姓嫡传已达72代，不禁发问：孔门妻人难道绝无红杏出墙，接受外姓男人的精子？姓不姓的，实是虚虚符号而已。但是，我对荥阳官员有了好感，没有尸位素餐。在办世界温州人大会的温州也一样。

温州人呢，你有多少个姓？你的机敏、你的勤劳、你的吃苦，却是一模一样，我怎么对你赞美和歌唱都可以。温籍杰出的小说大师林斤澜有小品，云：

> 欧洲旅行社带着各国旅客，来到狐狸洞口，奇臭扑鼻，异味闹心。不想倒拨动了另类旅客的别样心弦，倡议进洞比赛默坐，谁坐不住出洞交一块钱。法国人、犹太人、温州人各一位应声进洞。不多会儿，法国人出来了，拿出一块钱放在洞口。再一会儿，犹太人出洞交钱。再一会儿，出来的是老狐狸，做个深呼吸，也交一块钱。末后温州人跟着出来，把三块钱拿走，晕倒在路边。

世界温州人啊，凭着你的机敏、你的勤劳、你的吃苦，创造了多少财富？一个人一生一世能用得了多少钱？钱放在家里就是纸，放在银行就是国家的、社会的。客观上你是在为社会创造财富，为世界创造财富。可是你太苦，你在创造财富的同时，是否考虑享受，非常爽心地享受？文化品位提高一点，人变得风雅一点。在钓鱼的时候不要有阿谀相；在喝茶的时候绝不谈生意；喝酒需慢慢品，不要几个酒店赶场；养鸽子不要想着别人的礼仪；礼拜天关掉手机，和心爱的人去郊游。我真的倒希望温州出几个清谈的人。岁月倥偬，人生如梦。你不能太辛苦，你应当时刻觉得幸福。

荥阳也好，温州也罢，我认为政府和官员应当积极"有为"，少点"三公"支出，少点盘剥百姓。而百姓应当从容一些，从容工作，从容生活，舒适过日子，过有质量的日子。

十年过去了，在郑州做石榴酒的小个子青年，你的日子过得怎么样？

河西三章

天马行地

我的心发霉了。

当非典解除后，我决定一个人出门远行。我选择一个人出门远行完全是为了自由，我可以随行随止，且走且吟，看吃自主。我可以到林中和小鸟对话，我可以到荒原谛听上帝的声音。急忙忙，我给在酒泉的朋友打了个电话，说我下午飞兰州，明天抵达酒泉逛嘉峪关。朋友说真好真好。

抵兰州中川国际机

场，便被朋友的朋友接走了，喝酒。我说夜里要坐火车到酒泉，他说朋友的朋友就是他的朋友，不必生分，先喝接风酒，酒席已经订好。我说见了你就很高兴，旅程已经安排好，明天是嘉峪关。他说既来则安，不必慌忙，今晚的宾馆都订好了……这就去吃羊席……手抓羊肉、椒盐羊腿、葱爆羊肉、孜然羊皮、荷蒸羊肚……喝成扎成扎的"黄河纯生"。划拳。"温州是个好地方。"真情直叫我羊撑肠肚，酒冲脑顶。我只是一个劲地说："谢啦！谢啦！"

第三天抵达酒泉，朋友来接，直奔宾馆。我说去嘉峪关，他的腮帮像毒气袋一样放下来，说："哪有不跟我玩的！"他说午

◎ 鸣沙山

© 鸣沙山三面合围月牙泉

餐安排在裕固包，裕固族是中国人口较少的民族，风情独特。这倒深合我意。可事实并非如此。裕固包在一个公园内，外形和蒙古包并无二致，而内里放了一排沙发，卡拉 OK，饭桌如同汉人。朋友叫来几位当地的头儿脑儿和温籍同乡作陪，引来一对穿藏衣藏袍的男女且歌且舞，两人所用曲子也都是《青藏高原》《康定情歌》之类。舞罢，女子手捧青稞酒，说要敬我三杯。我说不喝空肚酒，大家说不可，说这是风俗。她又唱了，众人说你快喝，三杯要喝在一曲之前，否则要罚。我且喝下。不想那男子也敬我三杯，我说这也是风俗？他们说当然啦，你总不能单挑姑娘喝吧，喝下这三杯，可以吃点东西了。我且喝下。喉咙麻辣，胃袋辣麻，眼泪直流，终于懂得当年被捕的地下党人是如何受难的了。

又是羊肉。除了羊肉羊肉，还是羊肉羊肉……

朋友又开始敬我三杯，说离别三年了，一年一杯。我说是否可以欠着。众人大笑，嘲笑我连起码的礼貌都没有。我且喝下。接着当地的头儿脑儿站起来，朋友介绍这是某某长、这是某某主任，你总不至于不给面子吧。当然当然，喝下吧。我的口舌不听话了，脚也站不稳，发觉几个老乡已经又悠悠端杯站起来了……

"噢噢，你还没敬别人哩！"不知是谁这样对我说。我真的一点礼貌都没有。我说真对不起，该打嘴巴，我敬我敬……

这样一直吃到傍晚六时。朋友说：

"现在我们到××饭店吃晚饭。"……

天哪。好不容易出门远行，且一个人走，为的就是自由，可我自由了吗？没有。我种瓜得草，非常痛苦。呀呀，世界真是个魔方哩，有着各种自由的陷阱。请问女神，自由只是"心向往之"的东西吗？

次日上午，朋友送我到车站，递给我一个手机号码："我已经和敦煌的××联系好了，这是他的电话，他会热情接待你的。"

我哆嗦："谢谢谢谢，谢谢谢谢……"

车轮飞滚四小时。我把手机号码献给了茫茫戈壁。可是到了敦煌车站，有人微笑着迎接我："请问您是温州的程先生吗？"

……

丝绸之游

游踪屐痕，我不怎么喜欢周庄和乌镇。不是周庄和乌镇不漂亮，而是江南人一生陪伴小桥流水啊，让我怎么跟着北人或洋人说感动就感动呢？因此，我在丝绸之路上，感受与西北的人就不一样，非常强烈，真的，这种感受发自我生命的本能之核，也许只有上帝才说得清。

酒泉至敦煌，戈壁单调复单调，你爱戈壁吗？是的，我爱戈壁。戈壁单调得让人无法描写，无非是烈日晒在坚硬的石子上发着白光，生命只有一小簇、一小簇的梭梭柴、芨芨草、骆驼刺……你无法想象没有水，哪来的生命。那种空旷高远和博大，四周滚滚热浪虚幻着地表，那种与熙熙攘攘相反的、可以谛听远古的寂静，让人惊心动魄。你的双眼不倦地张望，你说不出一句话来，你渺小得像一只昆虫，戈壁滩不会理你。戈壁滩永远展示自己伟大的裸露，展示自己的单调，这就是他的魅力所在。是的，你只会不倦地张望，你不会想象"杨柳岸""草长莺飞"，你也不会想象"花间一壶酒""空水共澄鲜"，因为，你不是西北人。

　　我爱戈壁。

　　啊，祁连山远远的，一直陪伴着我。书面上不知撞见多少回的"祁连山"，今天终于碰上了实体。它的积雪显得神奇，绵亘不断，像是屏障，所以并不怎么高大似的。它从盘古开天时这样卧着，秦始皇统一中国时这样卧着。它先后亲见了匈奴人和乌孙

◎ 玉门关遗址

人的生活，见证了汉人与他们的连绵战事。乌孙人原居祁连、敦煌间，"民刚恶，贪狼无信，多寇盗"。婚俗一夫多妻，父死，子妻后母；兄死，弟妻嫂；叔死，侄妻叔母。乌孙人与匈奴人多次摩擦，多次落荒，多次迁徙，终于与他族融合。而汉人与匈奴人更是积怨甚深。《史记》载："贰师将军李广利将三万骑击匈奴右贤王于祁连天山……""汉使骠骑将军去病将万骑出陇西，过焉支山千余里，击匈奴，得胡首虏万八……其夏……过居延，攻祁连山，得胡首虏三万余级……"这都是西汉时的事情。俱往矣。李将军今何在？霍去病今何在？

2003 年 6 月 29 日的中午，我的手机响了。朋友报丧，我的另一位大我几岁的少年朋友 Y 君死了。死于肺癌，骨灰从俄罗斯运回。我惊愕。Y 君温良恭俭让，无"善"不作。当他恋爱不久就同居时，朋友们啧啧称羡。而今儿子都二十多岁了，家庭气氛甚好，他却怎么说死就死了！真是惊愕。可有什么法子呢？生命自有法则，谁能奈何得了它吗？姑且记下，已是历史。他没有业绩，不像李广利、霍去病。当然，死了，他和李广利、霍去病没有什么区别。他们都在世上走过一遭。

下午 5 时，去敦煌城南见鸣沙山。鸣沙山壮观奇特，全由黄色细沙堆积而成。东海之滨有的是这种细沙，而敦煌这地方怎么形成的这地貌？怎么有的这种沙？那么多的沙！而且细沙一色的黄，又均匀至极，肉眼绝看不出沙粒的大小！而且绝不掺杂根草片石，沙山之沙纯而又纯！它东西一线长 40 公里，南北宽 20 公里！高耸入云，山峰陡峭，脊如刀刃。你不能不赞叹大自然的神奇造化！类似孩子玩耍，我随众依长梯向上爬，十步一歇，吭哧吭哧，大汗淋漓，通体冒烟，腿颤腰闪，才知自己是多么沉重的

阳关故址

一个人。站在山脊，云拂沙静，风凉景远，很来精神。当坐竹板下滑时，哈哈，我比谁都快，身下唆唆，两耳呜呜，才知做个俗人是何等愉快。

鸣沙山何以名"鸣"？说古时候有位将军率军出征，途中在此安营。夜间狂风骤起，黄沙蔽天，将士全被掩埋，无一幸存。此后，山内常传出鼓角之声。又曰晴朗之日，风停山静，也有丝竹管弦之音。但我都没有听到，不相信，我认为这是好事者的杜撰。可我相信，军人易死。正确的号令，错误的号令，都要死人。排山倒海，摧枯拉朽，都要死大批人，"全军覆没""古来征战几

人回"……人是将军的棋子，人是统治者的木偶。几万几万的人死了，不知为了什么而死。现在所谓正义战争与非正义战争，他们一概不知……

丝绸之路，直通异域，曾经死过多少人？不知道。梭梭柴、芨芨草、骆驼刺是他们不朽的毛发。遍地闪闪白光，可是他们麻木的白骨？今天谈说丝绸之路，似多美好，可执行者是怎样的千辛万苦、九死一生？可能一启程，便在九天或者九泉。我先在阳关，后在玉门关，望着苍茫的戈壁叹息。不为什么主义，不为什么思想，就为人的死亡，就为被奴役的人的死亡，我深深地祈祷。

少年朋友在俄罗斯谋生，被生活奴役，是死于另一条丝绸之路上。魂归来兮！

长歌当笑

凭着敦煌的苍古，它早就该枯死，湮灭无存。更遑论它风沙满天，战争连绵。不想敦煌和中国所有城邑一样，高楼栉比，商铺满街，熙熙攘攘。

有"温州发廊"。发廊就是理发店，温州口语叫剃头店，先洗头，后剪发。这是"现实"。后来吹风做型，就是"浪漫"了。现今世界大变，讲求消遣享受，发现头部颈部有48个驱疲取乐的穴位，理发附加按摩服务，还要"缅泰式"，腰肩腿脚都要"处理"。

"温州发廊"是位泰顺姑娘和她的男朋友开的。泰顺是温州的一个贫困县，语言与温州城不通。她说去年在酒泉替人洗头，今年在敦煌自己开了店，眼前生意尚好。这就好。

次日驱车看阳关、玉门关。一路上空无一人，连只飞鸟也没有。大风呜呜，黄沙阵阵。自汉以后，这里驼队梭行，驮去丝绸、漆器、瓷器、火药和印刷术，输入毛皮、新植物种子、宗教和音乐……我的车子摇摇晃晃疾行，轮胎在石子路上嗵嗵跳舞。心想古代的统治者并不是个个都是昏庸的饭桶，其中不乏励精图治者、开明开放者，臣子中不乏忠贞勇毅者、为国誓死者。可歌可泣。张骞"凿空"丝绸之路，第一次被匈奴扣押十余年，受尽磨难。第二次还要去，抵达中亚，广泛联系，促进友好，引回乌孙使者数十人，鞠躬尽瘁。

戈壁洪荒，沙漠古阔。遥想当年无路，马蹄寂寞，驼铃凄凉，饥渴、一场感冒、掉队、遭遇异族……都可能夺人性命。班超多次出塞，出生入死，有疏道，"臣不敢望到酒泉郡，但愿生入玉门关"。来济有诗："今日流沙外，垂涕念生还。"王维诗更有名句："劝君更尽一杯酒，西出阳关无故人。"今天读来，是何等的悲苦、悲凉、悲怆又悲壮！可是，丝绸人却是义无反顾！

玉门关在平坦的戈壁上，仅见一方关城墙垣，旅游感觉并不怎么样。而阳关就不同，尽管年湮世远，"阳关隐去"，仅有耸峙在砾石岗上的一座斑驳烽燧，但气象非凡。逶迤剀厥的峁峦平岗，莽莽荡荡的流沙砾石。极目天涯，云山浩渺，大漠苍茫，天地一色，不知所终。另有"古董滩"上一块墨翠欲滴的绿洲，这是光怪陆离中的罕见景致。

© 鸣沙山即景

○ 莫高窟

丝绸之路有几条道，盘根错节，其中多从敦煌阳关、玉门关出发。沿天山、塔克拉玛干沙漠西行，抵达地中海东岸，再转至罗马等欧洲地区。汉唐中原到罗马有多少公里？驼脚丈量过去需多少岁月？令人感慨。

2000年5月，我坐中国国际航空公司大型飞机十个小时，抵达巴黎，又换机两小时到罗马。第一餐便在"北京饭店"吃饭。不想"北京饭店"从经理到服务生是清一色的温州人。罗马有一条街，服装街，全是温州人开的店。人说罗马人今天都在学温州话，此语夸张。但温州人走天下的实在太多，辛酸不少，劳苦不少，发迹也不少。我有亲戚偷渡出国，一年寄人篱下，三年地摊吃喝，现在外贸生意做大了，资产近亿元人民币。含辛茹苦，拼死发展。文学大师邵燕祥考察巴黎，说："温州人在海外很硬气，什么脏活苦活都干，唯独一无乞丐，二无妓女。"

世人把温州人比之于犹太人，

有恰当之处。温州丘陵，人多地少，当年闭塞。自我解放生产力，又遭"割尾巴"，就是自个造铁路，多年不容易。这种处境，近似于犹太人。至于在上的偶尔的励精图治，在下的不屈不挠，坚忍不拔，发愤图强，都是人类的优良品质。

我赞美这种品质。

告别阳关，我有告别汉唐、告别张骞和班超的感觉。夕阳如血，不如快快回家。

苍南三记

石头记

我所记的石头，非单体的供收藏的奇石，也非遍江遍溪的石子儿，而是指山上的石头景观。我在苍南看石头，凡两天，见两个地方，一玉苍山，二石聚堂，感觉震撼。苍南石头是有别于外地的。张家界的山，嶙峋，拔地插云，一座山就是一个石头。黄山一座山也许是一个石头，山山绕行，裸露胴体石壁，气象万千；黄山松那里也有巨石，很美，有贵族气，有仙气。而苍南石头完全是另一种景象、另一种美感。

玉苍山那里有景点：石海。石海这个名字不一定取得得当，取"海"意指石头多。石海那里石头真是多啊，两个大山垇，中间全是石头，慢慢拐至山下。石头是一个一个的——不管是玉苍山，还是石聚堂，石头都是一个一个的像箩，像鼓，像横卧的巨枕，像高啄的檐牙，像龟，像海豹，像牛，像象……有的什么都不像，像和不像石头都一样的美。石头都是美的，没有丑陋的，饱满是美，清瘦是美，圆润是美，厚实是美。独立蹲坐是美，挽着别人也是美；狂野是美，内敛也是美；剑拔弩张是美，静穆安泰也是美……

　　有多少石头？不可能数得清。而石头颜色一律墨黑，那是一清二楚的。山塄上的杜鹃花已经开了，红花灿烂，十分热烈。云雀泊在云下，一动不动，"叽啾啾，叽啾啾，叽啾叽啾，啾啾啾啾……"一声比一声紧，一声比一声欢快。毕竟春天到了，东海就在边上，吹来的风含着腥味，潮潮的，很温煦。树草葳蕤。泥土开花。只是石头一动不动。朝代换了一个又一个，个别好的皇帝和多数坏的皇帝都死了。一拨一拨从石头身边走过的人，带着喜怒哀乐，带着悲欢离合，相继死去。石头浑然不

顾。也许它知道，历史会变成石头，人也会变成石头。石头就是洪荒太古。

石头有灵性吗？这是不可能的。可是，有的石头怎么会有那么奇怪的外观呢？比如，一个山坪上有两个石头，立着的一个棒形大石头，顶着一个铁饼形的大石头，名曰"蘑菇岩"。或者几个巨石顶着一个巨石。再如，在石聚堂，也是两个大山㟝中间全是黑石头的景观，我们七人在黑石头下面穿行。请注意，不是在石头上或是在石缝中，而是在石头下，我们穿行了整整一个小时！身边是石，头顶是石，姿态各异，石石撑联，拔一石而动全体。在逼仄中蛇行，生怕触动某块石头引起全体换位，人成肉酱血水。环境阴暗，偶尔阳光如柱。

啊，有造物主吗？也许有吧。故记之。

渔寮记

这个坐落在温州苍南海边的小渔村，为什么叫这个名字？渔好理解，问题在寮。寮是小屋，如竹寮茅寮，茶寮酒肆。还有寮房一词，指简陋的住所，或僧人的住房。肯定是，原先这里没有村庄，只有一个石头小屋，供浪中逃回的渔人避风，或许供着佛龛，渔人跪下来，为没能逃回的兄弟或父亲祈祷……变成小渔村是很后来的事了，变成风景区是更后来的事了。

我和树乔、如镜从温州城出发，整整两个半小时，到了渔寮。小车先是在高速公路，然后在海边绿色山腰里蜿蜒。满鼻的醉人的海腥味。蜿蜒里见小岛，见绿水白浪，养殖的"格子"，

镇着石头的瓦背，提着鱼篓的泥脚的男子，戴斗笠的黝黑而美丽的姑娘……与好朋友一起，开车两个半小时的路程，我认为恰到好处。到好地方玩，必需有一个过程、一种等待，这好像剥花蛤、挑香螺，倘若有人替你剥挑了，放进调羹要你吞下，那味道肯定是不一样的。

到渔寮，必须起码过一个夜。光凭眼睛看是不够的，先闻闻腥气，这是海的气味，我们平时闻不到的气味。你得把鞋脱了，在水边沙上走一会儿。走一会儿，你会感觉一种莫名其妙的愉悦。远处有浪声，那是海水拍在墨黑的礁石上发出的。实际上没有风，可浪总是不小，这是月亮的缘故，也是东海太大了的缘故。渔寮沙滩的沙粒细极，我感兴趣的是爬行在细沙上的螃蟹仔。很多，小孩的指甲那么大，它们在画画，钢笔画，写意画。有些图案很像什么，但你又说不出像什么。螃蟹仔无比机灵，你抓不到它，你的手在空中，它明白你的意图，你一拍，哪里拍得到，它早已准确地爬进自己的巢穴了。人类都说动物只有本能，没有思维，笑话！

渔寮的海鲜，是相当的好。不必放味精，不能红烧。一放味精就丢了原汁，一红烧就消了原味。比如渔寮花鲈，从东海捕获，怎会与河里养殖的鲈鱼在一个档次上呢？必须清蒸，白盐数粒（切不可多），黄姜三片，猛火四五分钟即可（老了就出渣了，对不起东海了），热腾腾端上来，大家须立即吃光，不能谦让到冷了。梭子蟹以蒸为上，自有咸味，什么都不要放，即使冷了，味道仍然鲜美。温州人精灵的嘴巴说，炎亭螃蟹第一。渔寮毗邻炎亭，夜里相互串门，分谁与谁啊。你说渔寮螃蟹第一，也没有什么错误，苍南的海鲜，就是不错！

次日打鱼去。本来坐两个小时的帆船，要到五彩岛去，说是五彩岛的石头美丽极了，很多被人偷了去，装饰富翁的花园、酒店的前厅。但起风了，起风就不能去了，去了船不能拢岸，硬要拢岸，那是极危险的。——打鱼这个旅游项目，我认为别出心裁，参与性很强，值得吆喝。我少年时期打过鱼，在瓯江，三人提着网的一端站在岸上，渔船飞也似地放下其余的网，网在江中成了半个圆形，另三人上岸，开捕，半个圆形慢慢变小，直到见了收获。平时很多鳟鱼，雨天很多白鲢，春三月一网捕得三四百斤刀鱼。这是围捕。渔寮是兜捕，渔船的尾部扇开，尾部左右两人放网，放到水中就是一个长兜兜，长兜兜在海里拖了一个多小时，开捕，收获五六十斤。品种很杂，几种蟹，带鱼，鲳鱼，小黄鱼，比目鱼。多数是水鱼和琴虾，水鱼温州人说水潺，闽人说龙头鱼；琴虾温州人说虾狗弹，字写虾蛄，渤海山东一带说皮皮虾，叫什么都没有关系。我只是说，水鱼和琴虾，都是海中珍味，怎么烧都好吃。我还想说，瓯江几无水族，生态再恶化，连东海都贫乏了，什么鱼都逃遁了，消失了，那人类也当想想自己的末日了。

矾山洞记

四十多年前，六七岁，邻居一个孤僻女人绿着脸对我们说："平阳有个地方叫矾山，一座山全是矾。不过，我们一年吃一粒矾就可以了，吃进肚子里的肮脏的东西，比如头发之类的，就下去了。"孩子们回家吃矾，我吃了一粒豌豆那么大的闪白白的矾，

味道是涩涩的，而自觉体内清清爽爽，人精神了许多。这样一吃，"矾山"二字便牢牢记住了，而且想象一座座亮晶晶的白山，非常美丽。

2008年4月18日，我驱车两小时，抵达矾山。但展现在眼前的不是白，而是满山的红。杜鹃花不是东一丛、西一丛，而是连成一片，连成一山。蓬勃而又喧闹。中间不是没有蕨类的绿色，而是红杜鹃太热烈了，太踊跃了，太肆无忌惮了。真是美！我的老家称杜鹃花为"山朵花"，它也叫映山红，在朝鲜就叫金达莱，那是他们的国花。那天被陶醉了，有文友喊道："视觉的盛宴！"没有错，视觉的盛宴。

但不是每个人都激动的。林斤澜先生说，十几岁，地下党，经常在雁荡山出没，无意风景，因为饿着肚子。——"旅游"一词在中国，50年代、60年代、70年代乃至80年代风行吗？没有。连达官显贵都极少做到。那时中国有"无耻文人"，没有"风流雅士"，连郁达夫这样好玩的人都没啦。与天斗，与地斗，与阶级敌人斗。于是千里饿殍，别处不说，鱼米之乡温州死人，平阳死人，矾山死人……

次日戴上黄帽进矿。我没有进矿作秀的资格，我是去体会苦难：矿工出身的作家孙少山和刘庆邦说过，中国矿工是苦难的象征。我钻一钻洞就能体会中国矿工的苦难吗？显然是办不到的，我只是想得一般，我还有想象力。我跟随向导——没有向导，你休想进洞，休想活着出来——拿着手电筒，许多地方需要猫着腰。不几步，左右又是洞；不几步，左右又是洞。洞又生洞，枝枝杈杈。向导说，矾矿的开采始于明洪武年间，现在进去的这座山基本已被掏空，而连体的其他山全是矾石，动都没动。600多年了，人们挖山不止，现在的洞就像蚊香，就像蜂窝。潮湿，黑暗，气闷，石硬似铁。我想，从前是没有电的，开采用的是什么工具？不知道。我没有问，也没有必要问。反正采石不易。"死人吗？"我问。答曰："当然死人。现在好啦，从前老是死人。"一块石头掉在头上，就要一命呜呼。要是遇见塌方，可能死一群人。血淋淋抬出，用破席子一遮，一家人围着哭，然后埋掉。不久，儿子又进去了。——矾山在山窝子里，尽管矾石还要提炼，明矾价值很低，但已是上帝的恩赐。糊口就好，活着就好。在从前，人和牲口区别是不大的。

豁然开朗。原来是一个大厅，中间有几十排长条的石凳。一条石凳可坐几十人。向导说，这是"文化大革命"时期开凿的，是一个会场，可容 500 人开会。

矾山矿工，冒着生命危险，黑洞里举镐掘石，然后艰难挑出洞外，去冶炼。一月换几升米，养活一家人。石头换成米，其中蕴含多少汗多少血？他们隐隐知道。风水轮流，云水翻腾，生生不息，天可怜见，世象大变。世界在前进，中国也在前进。矾山人和全国人一样，基本解决温饱，摆脱精神奴役。凭着生命的韧性，走出四边山锁之处，闯荡外界，带着一代又一代积累的采矿技术，或帮着别人，或独立独行，包山开矿。到如今，财富超亿元的富翁不在少数！在矾山，我们能住上豪华的星级宾馆，子夜了，KTV 仍有歌声，街上仍能吃到海鲜，仍能见到时髦的青年男女的靓影。

镇长曾昌本，饱含深情，对矾山的一点一滴如数家珍。他说要把宋朝以来开采的，像蚊香像蜂窝的矾洞开辟成旅游景点，规划已经做好。我觉得这真是太妙了，世界独绝！东海边上的矾山，白云朵朵，杜鹃满山，那是别处没有的景象。那杜鹃太蓬勃了，太喧闹了，太热烈了，太肆无忌惮了，太好了！
走到山下，又进矾山的洞，洞洞相通，空山有径，音贯山饱，与先民喊话，想象中的感受肯定与别处不同。啊，真是很奇妙的旅游。

快活北国

　　七年了，每逢过年，我们都举家出游。就是说，五六家，二十来个人，在异地过大年。第一年在陕西的西安，第二年在河南的郑州、洛阳、开封，第三年在山东，主要在曲阜和泰山，第四年、第五年分别在黑龙江的哈尔滨和吉林的长白山，第六年去的是西藏，今年就是宁夏。年年出游五六家，大致是不差的，偶有一家暂歇，总有另一个朋友率家增补。今年增补的朋友是才子瞿炜和哲贵。而智重的池如镜、沉稳的吴琪捷、慈诚的吴树乔和我，一般是少不了的。这一群人可谓是"臭味相投"了。倘若间以生人，南腔北调，有呼无应，纵然金车宝马出游，锦衣玉食，又有什么意思？熙攘世界，好朋友偷得浮生"七"日闲，携手远行，其喜洋洋者矣。年在知命上下，子女有上大学者，有学成归国者，有将要远飞者，这回依偎身边，游走"西夏"，放眼北国，抚摸贺兰，我们感觉"天伦"这两字实在是太重要了。

　　我们都爱北国，我们都爱"文化"，主要的，我们都爱陌生。在我们看来，旅游就是寻找陌生。我们都爱"扎堆"，我们都爱喝酒，我们都爱瞎聊。白天在一起，我们还觉不够，六个朋友借酒聊到凌晨。先喝白酒塞上王子，窖香浓郁，绵绵润润，到全身滚烫，脑顶"蓬蓬"，我们再喝西夏啤酒，几十个空瓶就这样横

◎宁夏贺兰山岩画

七竖八地躺在地上了。（我们不喜欢枸杞酒，淡而甜，酒一甜就糟糕）或曰喝法不科学，可是甚合我等脾胃。试看打铁要成器，红了还要一淬，啤酒就是这么一淬。酒配是羊肉、牛肉、鹿肉、骆驼肉，还有一个黄河鲤鱼。店主谦谦地问："新鲜的鹿肉少，要一百元一斤。"我们哈哈大笑，"水浒"式答话："只管将来！"钱不买快活，同手纸何异！

上午起床，九点了，身体又软又疲，愉快仍在颤闪。因此行程由我们决定，导游笑而修改。

一路不见绿色。我们江南有满目的绿，尽管严冬，水是少

了些，可山永远不寒。松、杉、柏、榕、樟、榆、槲、檞、桉、玉兰和含笑，各种低矮的蕨类，各种蟒蛇一般盘根缠绕的葛藤，还有竹子、水竹、毛竹、金竹、雷竹、罗汉竹……永远不败，永远青翠。但不见绿色好啊，眼前单调的黄色，让我们吃惊和喜欢。一大片一大片裸露的黄土和沙丘，偶见一丛梭梭柴或骆驼刺或罗布麻。戈壁上的石头，千年沉默，衰草在积雪

© 西夏皇陵

中摇曳招风。随处可见的长城，虽然鲁迅咒骂过，但它作为文物透露着侵略和保守、掠夺和闭藏、恐慌和无奈。黄鸟在高空中飞，飞在空旷广远、一望无际的黄色之上。鸟是欢乐的，我想。

我们也喜欢白色。一个白色的湖，被一带沙山半拥着。这个湖好大，可是整个地被白色冰冻住了！倘若是夏天，我们是不来的，我们江南的水太多了。除了东海，我们还有瓯江，瓯江还有好多支流，比如楠溪江。这就是我并不热爱"天堂"苏杭以及周庄和乌镇的缘故。甚而认为平遥极好而丽江并不怎么样。"忆江南"，是北方人的事——今天正好，我的孩子在冰上跑步，在冰上玩耍，看到孩子高兴，我心里就暖和。

引起我很大兴趣的是贺兰山岩画。那是在一个冰雪的山口，离银川50公里吧。山势崔巍。银装素裹。大风扫荡，呜呜响。有树冻裂了，丫杈在空中瑟瑟发抖。是那种叫南方人觉得奇怪的冷，非常痛快地冷。导游说，这里分布着2100多组岩画，人面像居多，还有表现牧猎、征战、交媾、祭祀、舞蹈的岩画。所见几幅，引不起我搜奇猎古的欲望。觉得那是好事的先民太无聊了，敲敲打打的结果。你敲一个，我也来敲一个，五千年下来，就有这么个规模。岩画表现着他们的欲望，表现着他们的感情。很简单，很粗糙，很朴素。交媾是有的，征战就看不出。一幅今天叫作"太阳神"的岩画，印在门票上的，是贺兰山岩画的代表作，我怎么看也像猴子，猴子就是猴子，为什么奉为"太阳神"呢？我把这个发现告诉了朋友，大家大笑。

西夏王陵极好。我这么说是因为它场面大，气魄好。九座帝王陵，140余座陪葬墓，在旷野上排列有序。它的背景，远远的，就是声名赫赫的贺兰山！曾与宋、辽鼎足而立的西夏王朝，疆域"东尽黄河，西界玉门，南接萧关，北控大漠，地方万余里"。可是它经不住成吉思汗铁骑的闯入。我探究开国皇帝李元昊的死因，是死于长子的刀伤。李元昊居然觊觎儿媳妇。长子出手是由于权臣的蛊惑，旋即又死于权臣的手中。很快地，权臣又被处死。李元昊襁褓中的幼子即位。——李元昊是该死，他死于自己大得畸形的欲望；权臣也是该死，他死于自己的阴谋诡计。成吉思汗在征战西夏中死去，元的版图够大了，可他不满足一国之君，而不遗余力要做天下人的君主，我费解他大得无边的野心。

© 宁夏沙坡头

　　岁月倥偬，人生如梦。我等在宁川喝最后一顿酒的时候，城边突然起雾，飞沙走石，人物模糊，恍惚间，自己像是古人了。这多少令我有些伤感，我和瞿炜、哲贵、阿镜、琪捷、阿乔还能相聚拢来，喝多少个十年的酒呢？我等能健康终老、快活一生吗？我转而对我的孩子说：现在好好学习，今后好好做人。做"中人"，不做"人上人"，任何方面都不做。

坐轿记

坐轿在张家界。张家界的山嶙峋瘦奇，完全出自鬼斧神工。我们多拍了几张照片，集合拢来，导游板着脸说："我给你们 30 分钟，你们居然玩了 45 分钟。现在好了，到下一个景点只好坐轿了。"有人说，我们走快些就是了。导游指着我的大肚皮说："像这位老兄，挪到下一个景点，天黑什么都看不见了。"我说："我坐轿。"导游说保险起见，孩子可以小跑，大人都得坐轿。没得说，在家服领导，出游听导游。坐吧。

导游在轿点和一人耳语一番，那人说一人 150 元，到达时付。导游的伎俩谁都明白，负责人、轿夫、导游三者都得益，我们就权当扶贫吧。许多导游据说没有工资，理所当然变成灰色人；家里也有父母妻小啊。

张家界没有高大的轿夫，抬我的两位，30 多岁和 50 多岁，也都 1.6 米多。可两位并没有嫌我块头大，我是 190 斤的体重啊。两位扎马步，起肩，并不立即开走，而是把我在空中掂了一下，好像机器的所有零件都严丝合缝了，才发动起来。这一掂，是重要的，我的体重通过两位的人脑告知到筋脉和骨节，各方面都有数，才不至于闪了腰，或腰椎间盘突出。

嗬，坐轿的感觉真是好。晃悠晃悠，颤闪颤闪。离地也就一

○ 张家界

米多，奇花异木，山的倒影，水面上的飞鸟，在我晃悠晃悠中，在我颤闪颤闪中，清晰可见。可我的双腿不仅不必劳动，反倒自由叠翘起来，眼睛看去，脚尖居然有山那么高。这种荡秋千的感觉是坐汽车、轮船或飞机体会不到的。

当然，这种晃悠晃悠、颤闪颤闪的好感觉是下面两个身体努力的结果，两个轿夫步调一致、竭尽全力的结果。挥汗如雨，两位的薄衣已经贴在背上。轿杠陷处，肩肉隆起，似哭非哭、似笑非笑的样子。在这个时候，我是高两位一等了。我给两位钱，两位就抬我的轿子。哪有我给两位钱，我又去抬两位的道理？利益两字太残忍了，倘若再给两位150元，两位说不定唱起歌来，脸上是灿烂的微笑、真诚的谄媚；不少有头脸的人，活在世上，有时钱还在其次，倒是十分注重那种威风和人上人的感觉。

　　我感觉心麻麻的，忽然不舒服起来。我生在乡野，吃番薯长大，读了几年书，自觉人模狗样，可骨子里完全是个卑贱平民。不舒服来自不平等，而我没有资格高人一等。我吃得那么胖，可叫两个瘦骨嶙峋的人抬我！那么，我下来走吗？又怕赶不上队伍，我有些踟蹰。而迎面走来不少人，都拿眼睛鄙夷我，我好像是地主老财，我好像是贪官污吏。他们鄙夷的眼神使我难受。我尊重他们，我没有办法不尊重他们。

　　两位在一个流动摊位前停下来，说是休息一下。摊主是个小姑娘，出来对我说："老板，他们多辛苦啊，你买点饮料给他们喝喝吧。"我说应该的。年长的要了一瓶冰红茶，年轻的居然要了一瓶当地农家酒。我说喝酒不行，不仅对我负责，也要对你负责。年长的说，他喝了酒就来力，天天喝酒的。我还是说不行。

◎张家界十里画廊

小姑娘说，那你买瓶啤酒给他吧。他人小，酒量巨大。事已至此，我就买了。

重新起步，年长的在前，年轻的在后。年轻的步子感觉比前面时候轻松。

"老板，你太重了！"年长的人说。

"我的确要减肥。"我说。

"你起码有230斤重！"

"那没有，190斤。"

"你太重了，老板！"

"我已经把照相机和挎包给孩子了。"

"老板，超重是要加钱的。"

"哎呀，"我说，"你应该开始就说啊。"

"看你没这么重，抬着抬着就觉得你太重了。"

这样一边对话，年长者的两只脚便呈X形走起来。我知道，他是故意的，一是博得怜悯，二是吓吓我，我不给钱加油他就垮了。我说："150元不少啊！"他的两只脚还在走X，说："我们老板50元，你们导游50元，我们两个也只有50元呢。"这我有点相信，下面人挣钱难，上面人挣钱容易。国情啊。但你同情他，立马加钱，他也未必感激。我的企业家朋友说，他对下面人优厚得很，下面人还是消极怠工，甚至偷他的东西。此话的真假，姑且不论，而劳资矛盾永远解决不了，的确是真。今天我和轿夫，情形也有相似。但我还是说，你们好好抬吧，抬到了再说。

年长者的两只脚还是走X，有时似乎要跌倒的样子。看来这种招数为时已久。遇到微微上坡的地方，我便下轿自行小跑，而两位远远落在后面了。有些累了，坐等他们。他们上来，并不招呼我上轿。我问还有多少路程，答曰只有三分之一了。好，我说，我自己能走。

到了，我付了150元。两位说："大哥，你答应加钱的。"我说没有啊，我说你们好好抬，抬到了再说啊。两位满脸乌云，指着我的鼻子说："我们两人都听到了，你就是说过，答应加钱的！"

我再给了他们50元。心想也不多，他们每人也只有50元啊。

程绍国赞曰：芸芸众生，殊殊各面。贫穷苦难，刁民出焉；远离教化，无赖生焉。公平文明，水月镜花？共同富裕，望梅止渴？和谐和谐，尧舜期待！

骑骡记

2006 年大年初一，如镜、琪捷、树乔、相国和我率家小站在梅里雪山。确切地说，是站在梅里雪山的一个观景村。这里离县城德钦十来公里，一个叫飞来寺的边上。天蓝云白，梅里雪山阴面金黄，而裸露的阳面照旧墨黑。最高峰卡瓦格博的背后有红烟袅袅。

风和日丽，梅里雪山是巍峨的、壮丽的，但毫无神秘，它就像通体裸露的名女人。但这个生在横断山脉中段，怒江和澜沧江之间的高山，平均海拔在 6000 米之上，注定它的凶险和诡谲，变幻莫测，扑朔迷离。世人已征服了所有的高山，唯独无法攀临卡瓦格博的项背。

抗日战争期间，一架美国飞机误闯，结果坠入冰川，机毁人亡。40 多年后，1988 年 6 月，苦难的飞行员的儿子克里奇率领的一支美国登山队，不远万里，试图寻回苦难的父亲的遗骸。他们无功而返。后来的登山队同样屡战屡败。最大的灾难是 1990 年年底组成的中日联合登山队。装备精良，斗志顽强，总结了以往受挫的经验教训，时定 11 月底，因为天寒山冻，冰雪结实，崩塌较少。他们建立一个个营地，到 12 月 26 日，建立并进驻海拔 6300 米的 4 号营地。晴空万里，日暖风轻，卡瓦格博银芒闪烁，近在咫尺。队员们欢呼雀跃，兴奋不已。后几日，登顶的一个个梯队组成，进发。可梅里雪山变脸了。12月29日13时50分，暴风骤起，卡瓦格博霎时被乌云笼罩。此时突击队员已经登上海拔6470米处，距峰顶的实际攀登高度仅差270米，却风狂雪猛，天昏地暗，视野极差，被迫下撤。1991年1月2日起，大雪连绵如席。1月3日晚10时，3号营地向大本营报告，积雪深1.2米，帐篷大半被埋，不得不每小时出帐扫雪一次。这是他们最后的通话。自此之后，梅里雪山是一片可怕的死寂。17名中日队员，一夜之间竟消失得无影无踪！

据说这一群死难者被一根绳索系连起来，被人发现时居然在5000来米处的卡瓦格博腰边的冰川之上。我的导游领我看了17名中日队员的葬墓。葬墓就在观景村的路下。尽管我不会去做他们这种事，或者类似这种事，但我对他们的勇敢充满尊敬，对他

◎登山者墓地

○ 梅里雪山冰川

们的死亡倍感哀伤。墓碑上，中方 6 人名字清晰可见，日方 11
名死难者已经被游客涂划地认不得字。我能理解游客的行为，原
因在往日的天皇、东条英机之类和今日的极右势力身上。但我们
再不能与极右势力一般见识。把登山者的名字涂划掉，这是糊涂
错误的行为，他们是一群不幸的人。有人说"快乐着你的快乐"，
那就应该"痛苦着你的痛苦"。人类应当有宽容之心，人类应当
有广大的悲悯情怀。

面包车朝卡瓦格博蜿蜒，在一个村落停住，当地人组织了一大
群骡子。大家付了钱。我说要一头大骡，因为我胖，答曰不能挑，
先分号，凭号取骡。我的孩子领取的是一头最英俊、最高大的，而
我的那一头瘦小而弱。我的孩子要与我换一换，可主人大摇其头。
我的瘦弱的骡子瞟了我一眼，痛苦绝望的样子。可它的主人却非常
热情，对着踌躇的我说："先生，骑吧，要一个多小时呢。"

主人牵在前头。道路狭小，崎岖，十分陡峭。这全是为观赏
冰川硬劈出来的一条"之"字路。骡蹄落在石头上，嘚嘚发响，
骡蹄落在尘土上，灰烟溅腾。左右落叶焦黄。树木高而不壮，萝
茑攀蔓之。所见黑石累累，不少粗硕的树木化石，想见远古时
候，这里林深蔽日，猿猴阵阵。今天处女地都没有了，南极北极
都"开发"了，令人唏嘘。

果然，走着走着，我的骡子就落伍了。它经常停下来，左右
摇着头，鼻子出气如叹息。在这样的时刻，主人总是抽它一鞭，
吆喝一声："摩儿！"摩儿大约是它的名字，它领会了主人的意
思："你作为骡子怎么可以偷懒呢！"对啊，我生来就是干重活
的。它便努力地蹬后腿，肩部隆起，扭曲着身体，要把背上的重
东西驮上去。拼死的架势，让人揪心。

　　在几处落叶多的地方，我下来与骡同行。骡主人看上去似乎过了壮年，一问居然比我还小几岁。问起他的家庭，一脸的温馨，说他的妻子很勤劳，骡是他自己的。特别是谈到两个女儿的时候，说小女儿在读书，而大女儿读了几年书就嫁人了。口气好像女儿嫁人了是件非常幸福的事，他认真的微笑也在证明这一点。我俩谈得非常好。我想他不知道海参和黄鱼的味道，也不知道卢浮宫和西班牙天体浴场，更不知道克林顿被与莱温斯基的事害苦了。我这样说是证明我的一个观点：人的幸福度是一样的，怕就怕对比两字。

　　忽然感觉，他是一个幸福的人。

　　他几次见我高原反应，脸黑，气喘，叫我骑骡。他大喊一声："摩儿！"意思是说多好的客主啊，你再不能懈怠了。摩儿似懂非懂，骡步扎好，待我上去，走得比以前快多了。但说来奇怪，它总是往路肩上走，路肩下，许多地方是峭壁啊。我想起一则报

◎ 梅里雪山面貌

道：某地在高山建寺，骡驮巨石上山，日凡三次，近两月不停。骡不堪忍受，一日携石跃下悬崖，訇然而死。

骡是最值得同情的动物。它是驴和马交配的产物。驴生的叫驴骡，马生的叫马骡。多比马小，都比驴大。它一般不能生殖。孔圣人说"食色性也"，孔圣人和芸芸众生包括飞禽走兽，都有两方面的享受，唯骡没有。骡不能生儿育女，注定断子绝孙。想要四世同堂吗？没门。但人们还是让驴马交配，培育苦难的怪胎。何也？骡的力气大，它的力气比马都大。因而人们让它吃，吃了好干活。

冰川就在眼前。我不知它从卡瓦格博的哪个部位下来。汩汩滔滔的洪流凝固了，浪花卷成幽蓝的玉石。导游指着一个地方告诉我，喏，登山队的遗体就是在这里发现的。他还说，登山队登顶的时候，附近的藏民聚集在对面，对神祈祷："不要让他们上去！不要让他们上去！"但他们的死，是藏民万万想不到的。

下山的时候，我与我孩子的骡换骑。我另给了英俊、高大的骡的主人30元钱。这会儿，原先我骑得瘦小的骡走得飞快。我身下的骡不时打着响鼻，好像说"你这块头也没有什么了不起"。暮云即将合璧，落日熔金，我等乘风而下，十分惬意。

面包车已经发动。一件意外的事发生了：我与原先的骡主人告别，他居然不理睬我。脸上似乎没有表情。我伸手，他却不握。我知道了，问题出在我给了英俊、高大的骡的主人30元钱。他是这样想：我的骡是小了点，但并没有妨碍你上山啊。下山就是小菜一碟。你有同情心，就把钱给我。我们这里，30元钱不是小数目啊。你同情什么！

这件事，使人非常地难过，好久好久。

鄂西与我

　　湖北清江风景区，是个好玩的地方。属长阳县，即"下里巴人"之"巴人"的发源地。宋玉所谓"客有歌于郢中者，其始曰《下里》《巴人》，国中属而和者数千人……其为《阳春》《白雪》，国中有属而和者，不过数十人"。句中"巴人"指的是巴人的音乐。巴人一般被认为是生活在长江和峡江地区的巴国人。巴人墓葬出土了大量的青铜兵器。这同我关系不大，我没去看"长阳人遗址"。

　　平展水清万丈，起伏岸绿万里。一个上午船行清江，是清一色的水，水一色的清。被船犁白了，旋即复合又绿。掬水见手纹，投江见脚趾。我很难形容它的美好，"碧玉汤"见俗，"华夏之血"又矫情了。要说江的颜色，那就看看岸的颜色吧：同样的绿。有成阵白鹭在水边飘飞，似乎要把水岸划开，发出"呀呀"之声。可是很难划出分界线来。据说山上多金猴，有野狼，可是看不到，因为植被太茂密了。不见参天大树，植被茂密的地方经常没有参天大树。

　　有人脱口"画廊"二字。我认为是从张家界"十里画廊"借来。张家界的山拔地而起，山山不连，是嶙峋的、峭拔的、巍峨的，是鬼斧神工的，当然是神奇的。神奇的还有九寨沟的水，那种绿非亲眼所见，人不会相信。仿佛置身童话之中，惊心动魄，透不过气来。相比之下，清江风景有些平常。可是注意，平常并非平庸，平常是优点，平常有时往往丰富，平常的东西耐看，经久，人不觉得累。

我不是强词夺理，相信我。

我们一船人，一个上午看山看水，没有大叫，也不累，很愉悦。人生愉悦很重要。

清江是长江的支流，清江自己也有许多的支流。兰草谷便是。兰草谷千仞绝壁，满目古藤，丛丛兰草。清凉而奇美。兰草谷是溪，落差很大，我认为千仞绝壁就是被溪流活生生切割出来的。需要多长时间？百万年？千万年？不知道。

车把我们带到上游。在车上，听得窗外溪流的声音，訇訇訇訇，这是大水下倒的声音；哗哗哗哗，这是大水迂回撞石的声音；有时什么声音都没有，探窗一望，水面宽广。

去兰草谷是在中午，去漂流。我问管理人员：

"兰草谷出过事吗？"意思是死伤过人吗？

答曰：

"呒呒呒嘞。"意思是什么都没有发生过。

我穿救生衣，戴安全帽，就坐在充气的椭圆的橡皮船上。一只橡皮船坐两个人，对面坐下，腿脚放平，两手握沿，船倏地一下离岸，很快卷入激流浪里，感觉一泻千里。我是船夫的儿子，小船冲浪，潇潇洒洒。而对面的李君来自中原，远离江海，情形就不同了，一扫平时的俊朗、端方和大气，眼光畏葸，脸白唇紫，脖子乱颤，船撞巨石猛弹回来，李君便尖叫——他没有办法不尖叫。李君尖叫，还发生在小船重重摔下的时刻。这时我会想，会翻船吗？不会，因为这是旅游项目。

舱中满是水，但不能舀出，舱水有平衡作用。李君双腿哆嗦，我也觉得下体冰冷。可是逃遁何处？飞瀑成群，碧潭成串，两人只好抓紧把手，把头缩进脖子，避免接触石头。——许多时候，人，总是"躲"。不躲不行，无能为力。"抗台"，实是躲台。"抗"字豪放，但人能与天斗、与地斗？

众人上岸，都说有惊无险。无险就好，特别是像我这个年龄，不可以出险。老年可以冒险，冒别的险，青年一身轻，可以冒险，常常能走出一条风光大道。上了中年，责任太大，最"死"不得。中年之人，权也罢，钱也罢，最要讲两个字：平稳。

篝火燃起来了，烤全羊滋滋炸响。围绕篝火，载歌载舞。

所在皆是也。呼伦贝尔、伊犁、泸沽湖、迪庆，全是这样的篝火歌舞烤全羊。

正值中秋之日，天晴月圆。在清江这个歌舞之乡，感受便不一样。有人说，只要在清江岸边插上一根拐杖，就能生长出快乐和幽怨的歌舞来。清江之中的愚人岛啊，远离我们家乡的地方，叫我印象深刻！

"……下里巴人，国中属而和者数千人……"我不知道当时巴人如何唱歌，先前他们以渔猎为生，盐业发达。巴人不纺织却有衣穿，不耕作却有饭吃，盐业就像今天的石油业，巴人"鸾鸟自歌，凤鸟自舞"，歌舞升平。战国后期秦国和楚国为夺取巴人的盐业，频频进犯，巴国内部也发生内乱，秦楚占据了大片巴人的土地。曾经，巴将军蔓子以许三城来借师楚军平定内战，但事后巴蔓子以剑自刎，用自己的头颅来答谢楚王，以保住三座已经许给楚国的城池。

岁月悠悠，世事绵长，我瞪大眼睛，看看长阳县准备的节目中，可有历史的贝壳？

两个男人出来了，一年长一年轻。年轻者操着马头琴，年长者操着不知什么琴。这是南曲，用方言演唱，我一句都听不懂。好像在叙述，从古到今，从战争到和平，从社会到家庭。没有悲伤，没有不平，没有哀怨，没有悱恻。可是缠绵，反反复复地感叹。缠绵又感叹，可是始终微笑，态度平和，模样温馨。刀枪已经化为柳枝，鲜血已经化为清江水。琴弹得一般，可是唱得极好，极好并非音色甜美，而是唱腔出奇，它肯定从遥远而来，从天籁传出。它是古音！这南曲，莫非就是"下里巴人"？

精彩处，一美女踏着曲子，抱婴上场。在两人边上转悠一回，顾盼左右，两目传情。在年轻男子凳头坐下，男子点头，像是父子交流。美女又抱婴，踏曲坐到年长男子的凳头，年长男子也向婴儿点头，像对自己的儿子。两男是父子？兄弟？族人？不知道。美女与他们什么关系？也不得而知。想象吧，自己填空吧。

我非常高兴。

情歌对唱来了，男五女五，《要是阿哥（阿妹）看妹（哥）来》。我只记得两段，女声唱：

要是阿哥看妹来啊，

千万不要从小路来，

小路上毒蛇多，

阿妹怕哥被咬着。

要是阿哥看妹来啊，

千万不要坐飞机来，

飞机上空姐多，

阿妹怕哥被迷住。

一小伙子上来，还是情歌，《死一对来生一双》：

好花难有百日香，

人生要死又何妨？

我变男来再娶姐，

姐变女来再嫁郎，

死一对来生一双！

老实说，我不喜欢这样的情歌。太黏了，太甜了，太在乎了，太你死我活了，太叫人受不了了。总言之，是太不平和了。太黏太甜往往脆弱。疯狂和极端这种短期行为，我能理解，但我并不欣赏。百年好合、天长地久靠的不是疯狂和极端，靠的是理解、宽容、体恤和涵养，靠的是对爱情和婚姻的平和态度。据说此地还有这样的民歌："爱你爱你爱死你，请个画家画上你，把你放在枕头上，日日夜夜抱着你！恨你恨你恨死你，请个画家画上你，把你放在砧板上，千刀万刀剁死你！"

天，谁受得了！

但清江好，好玩！

雁　荡

雁荡或称雁荡山、雁山。我到雁荡有二十来次。雁荡和黄山、泰山、张家界很不同。黄山的松绝对漂亮，就是几寸长的芽松，枝条旁逸斜出，还有成团成团的云，翻滚、乱飞，使人非常慌张。泰即大，泰山就是大山，老实说，不懂历史和文学的人，游泰山实在没有意思。别去为好。孔子走到山顶，秦皇汉武登山封禅（秦始皇只上去一半，止于风雨），唐玄宗还写了《纪泰山铭》。在经石峪，一个石坪上，不知哪个朝代，刻上一部金刚经，一字一尺半！写泰山的诗歌，李白就有六首，而写得最好的还是杜甫的《望岳》。但泰山几乎无美丽的自然景观，这是最大的遗憾。还有遗憾的是少水，泰山少水，黄山也少水，张家界也少水。张家界与泰山相反，自古远离政治文化中心，深藏闺中，没有文化沉淀，近现代的文人骚客都没有去过，殊为可惜。但张家界的山真是好看，千姿百态，都峭拔，嶙峋，瘦险，鬼斧神工。

但山少了水，就少了灵气。退几步说，爬山累了，水边坐一坐，洗洗手，濯濯足，额头擦一擦，男女开开玩笑，就不累了。

雁荡是不缺水的。看看名字吧，雁，荡。大雁歇脚在芦花

○ 雁荡合掌峰

边，湖水荡漾。"荡"在雁荡却作名词讲，是小湖的意思。"雁荡"就在雁荡的山顶。因而这里有许多的瀑布，炫目的有大小龙湫、三折瀑、燕尾瀑等。单看瀑布，大龙湫当然为最。雨后初晴，白水溢于"雁荡"，三迁四折，奔腾鸣咽。石横水怒，树退草淹。及至龙湫豁口，白练飞扑而下，上下千仞。上者整匹亮闪闪，的确为瀑，为布；下者不安分起来，扭曲、拱突、飘忽，或条分缕析，或盘旋飞舞。将落至潭上，是粒粒珍珠，千千万万。珍珠撞击水面，訇訇作响。继而化作烟雾，化作玉尘，化作扬花。你离瀑布近一些，到崖下站一站，看白练飘忽，让玉烟打湿你的脸，感觉肯定很好。起码说，得在崖下的茶寮坐一会儿，叫人泡一杯刚刚采做的雁荡毛尖，一边品茗，一边观赏瀑布的妖娆百态。疲劳消遁。有彩虹饮水，五色映丽，发生在你边上，使你精神大振，欣喜莫名。

灵峰是雁荡的心窝。重峦叠嶂，奇峰环出，形象各异。合掌峰是灵峰的代表作，拔地万丈，中空而成观音洞。依岩构筑九层楼阁，佛门众多，僧门众多。漱玉叮咚，香烟缭绕。我对香烟天生过敏，登顶只有两次。赶紧退下来坐在鸣玉溪中的凝碧潭边，观游鱼碎石、含笑树上飘落水中的红叶。无端风生，即使酷暑，此地仍清凉。

但我独喜欢中折瀑。这同我一介平民的秉性有关，这同我尤爱小品有关。中折瀑是看不见的，它藏在翠绿的夹缝中。你沿溪拾级而上，听溪水溜溜佩鸣。溪水来自下折瀑、中折瀑、上折瀑。到中折瀑要爬二十分钟曲折的路。游雁荡有一特点叫"看山不爬山"，唯独游中折瀑要爬一爬。爬一爬我认为是必需的，体现着追求和向往嘛。好东西递来被你所不屑，自己努力才有意

◎ 中折瀑

思。中折瀑的石级很宽，路下多高大的槲树、梧桐树、榉树和松树，有的枯朽倒下了；山的一侧永远青翠，藤萝疯爬，有紫藤被挑出，搭成厚大的凉棚，下雨不漏。站在山垴上，树木葱茏，形势奇异，春看杜鹃如火，秋看枫叶如醉。小歇一会儿，待腋下汗尽。再转一个山垴，中折瀑到了。你会发现中折瀑与世隔绝，所在幽深，毫不张扬，模样冷艳。它精致极了。石壁浑圆中规，洞

径越下越深，潭边凹陷厉害，想见万万年前水的回荡冲刷，想见岁月远古，天象洪荒。今天，潭边修石径，没有风，少人，瀑布静静直落，没有大龙湫的忸怩放肆，站在石径上背壁面东，看天水，看深渊，看洞外的苍茫，感想不知所之。

中折瀑直上，未达上折瀑处，有当代文学大师林斤澜（对不起，我是林迷，言必称林）"山深海阔"的篆字摹刻。林斤澜十多岁时在温台交界跑地下交通，走得最多的就是这条路。林斤澜的大师意义远远还没被挖掘，故乡人知他是个作家，却不知道他是个怎么样的作家。他走的是冷僻的路，人气并不喧嚣。因而把他的题词放在中折瀑之上，是极其恰当的。——他还健在，愿他长寿。而雁荡最早的摹刻当是杜甫祖父杜审言的"审言来"。有人疑之。人疑我不疑。杜审言以狂妄出名，每有诗得，曰："某某（指他的诗仇）看到这首诗，就会气死！""审言来"，还会是谁的口气呢？

还有存疑的是谢灵运的《从斤竹涧越岭溪行》一诗。有人认为斤竹涧在绍兴。我认为不确。绍兴有斤涧路而无斤竹涧。——谢灵运守永嘉，保存至今的仅21首。他自恃豪门，为人骄纵，以谋反罪被砍头广州。因而许多诗歌遗失，写雁荡的只留这一首，是非常可能的。他在《游名山志》中写道：

新溪蛎，味偏甘，有过紫溪者。

芙蓉渚有笋石头，如初生石头，色皆青白。

芙蓉山有异鸟，爱形顾影，不自藏，故为罗者所得……神子溪南山，与七里山分流，去斤竹涧数里。

上文中的"新溪""芙蓉渚""神子溪""斤竹涧"都在雁荡。还谈到新溪蛎，"蛎"即牡蛎，必须活吃，绍兴远海，宁波运来，泻肚无疑。雁荡在海边，"斤竹涧"在雁荡，没得说的！

历史上，光临雁荡的名人是很多的。我有点了解并感兴趣的还有怀素、贯休、沈括、秦桧、王十朋、陆游、朱熹、陈亮、叶适、赵师秀、方孝孺、徐霞客、唐寅、文徵明、徐渭、汤显祖、董其昌、戴名世、方苞、郑燮、袁枚、吴昌硕、黄宾虹、梁启超、于右任、李叔同、马一浮、郁达夫、潘天寿、张大千、沙孟海、汪曾祺……他们或留摹刻，或留文画，或有记载，都让雁荡引以为豪。顺便说说，雁荡有败笔，如峰峰之间的"飞渡"，或有的当代摹刻太草率。石头不会再生，摹刻应慎之又慎，对象应该或字写得极好，或诗作得极好，或官当得极好……

再说林斤澜四字"山深海阔"，我认为极准确地使雁荡区别于其他名山。雁荡背靠括苍山脉，而面临东海。因而它的神律韵致，和别地不同。它既雄浑奇伟，而又空蒙泅润。空蒙泅润，是因为"海阔"。黄山、泰山、张家界即使春秋季，仍然闷热；雁荡就不同，夏天也凉风习习，海边雁荡，总给人清清爽爽的感觉。在雁荡，待上半个月，人不会累，不会厌倦。你可以大啖海鲜，吃吱吱叫的黄鱼，嚼袅袅动的乌贼。雁荡的海鲜是很

多的，单是海涂上的美食，也叫人拳拳耽恋，如泥蒜沙蒜团
蒜，如泥螺辣螺刺螺，如血蛤文蛤瓜子蛤，还有对虾和蛏子。
特别是蟹类，我认为梭子蟹尤其鲜美，或清蒸，或家烧，或生
醉，一不留神，差一点和舌头一并吞下。还有牡蛎，闻鲜味啊，
三月不管韶乐了！当年谢灵运先生，已经咂嘴，记录在案。我
不多言。

　　的确，雁荡是很有特点的名山。

楠溪江

楠溪江这个名字重复。原来叫楠溪，如楠溪人、楠溪山底，后来谁加了一个江字以遮小。现在"楠溪江，楠溪江"约定俗成了，叫顺溜了，也无所谓了。楠溪是瓯江最下游的支流，一会儿徐徐流入东海。现在的楠溪江泛指永嘉景观，偶尔也泛指永嘉。

在温州，雁荡山、楠溪江是齐名的，都是国家级风景区。外地人到温州，时间允许，到了楠溪江，还要去雁荡山，到了雁荡山，还要去楠溪江。两地挨着，个别景点相似，整体上是互补关系。雁荡山风景集中，游一天，楠溪江风景丰富而分散，要游两天以上，丽水街、陶公洞、石门台去了，你就不能去四海山了。欣赏雁荡山和楠溪江，一般不用爬山。不过雁荡山的合掌峰要爬，中折瀑要爬，但不用费大力气；楠溪江的龙湾潭可爬可不爬，一般走到瀑布处，也罢，能够走到观景台，潺潺流水、脉脉青翠极是爽眼，就更好了。雁荡山多壁立的高峰，即使是大小龙湫，气势也猛，像是雄性；楠溪江的景观与水结合更近更紧，一般地说母性一些，相当平静，非常温柔，可人怡人。

个人的感受，楠溪江有两处非走不可，石桅岩和九丈甸园。走十次不算多，走二十次也不会讨厌。先说说石桅岩。石桅岩根本不像石头桅杆，不像张家界的山峰，一指顶天。石桅岩是相对孤立的，大致上轻下重，是一块石头，应当有两百米高吧，气势雄大，峰间树草生，轻云如纱挂肩头。石桅岩本身没有什么特别的美，不比黄山，石桅岩的好处是三面是水，石桅岩几成岛岩，味道就出来了。什么东西都要讲求独特，石桅岩的独特就在这里。当然喽，水要好，倘是浑水浊水，石桅岩便一文不值；环石桅岩的水不是一般的好，它是真正的好！夫子汪曾祺游此，写道："全国唯一的一条真正没有被污染的江，只有楠溪江了。"游石桅岩，不是爬石桅岩，石桅岩爬不上去，而是先在水边走一遭，远处的闲云，脚下的碎步，袅袅修竹，白白芦花，水边鹅卵石间形态各异的绿树，浅滩上穿梭飞跳的小而又小的"白闪鬼"……心中很愉悦。接下来就是坐船了，坐船是游石桅岩的精华，不能不坐。黄船中有狗，三五人进入，狗就退回岸上，一篙点开，船便漂在平静的峡谷里。阳光投入水上，水透亮却又厚绿，目光所及全是一样的厚绿，探身看倒影，人也是绿的。水很深，不知有几丈，鱼却没有见到。两岸石壁凹陷，盖为万年冲刷，黑而多棱，上方树木湿润透亮，模样遒劲。一派静谧。有老鹰在上空盘旋，有不知什么鸟在天上，偶叫："啾啾，啾啾，啾啾啾啾啾，啾啾啾啾啾啾……"好像有什么要紧的事似的。船要慢，越慢越好，最好泊下来别动，任意交给微风。在山峡之中，太阳下，绿水上，身体懒洋洋的，目光却很有精神，身心真是舒坦啊。有一回半躺船上，看白云，我忽想，倘若把我搁在石桅岩岩顶，我会怎么样？那里极目南北，又高又寒，我肯定受不了。即使得见"霓为衣兮风为马，云之君兮纷纷而来下"的奇景，我也会难受，我也会抽脚筋，流冷汗。今天的秉性只喜平静，只喜这样半躺着东看西看。

◎ 楠溪江

© 石桅岩

对了，十年前，我曾同湖北作家古清生在此裸泳，2007年，编辑洪清波、周昌义和我在此裸泳，姑记一笔。

再说九丈甸园。九丈甸园没有收费，好像不算景点，我却以为很好。它是一片翠绿又翠绿的竹林，这一片竹林好大，有多少亩，我不知道。只知竹林中藏着宾馆房间、餐厅包厢、茶室雅座。从宾馆到餐厅要走十多分钟的路。或走沙路，或走鹅卵石铺就的路。走沙路是一种感觉，走鹅卵石路又是一种感觉，非常平坦。长江以南，山上的竹林所在都是。十来岁时，读袁鹰先生的《井冈翠竹》，神往得很，几年前顺路张望，没那么夸张，竹子远没有楠溪江的多。而九丈甸园的竹子那么繁茂地、野生地婆娑在平地上，在我平生阅历里，绝无仅有。倘若在山间竹林里开辟场所以游玩，我不赞同，那样太逼仄，不随意，不方便。九丈甸

◎ 楠溪江丽水街

◎ 楠溪江狮子岩

园可以在竹林里随便踱，踱踱张张，张张竹顶竹枝，摸摸竹节竹身，踏踏竹壳啦啦响。你不会跌倒，跌倒也是松软的沙地。浙南的竹子，毛竹居多，水竹次之，雷竹很少。雷竹黄竹身，大小均匀，下无枝叶，顶部一团浓雾，像是人工栽培似的；水竹丛生，一堆上百根，细而杂乱，虫蝇蛛网生焉，我儿时老在水竹丛里钻来钻去；唯独毛竹修长、粗壮，非常随意地生长，根长到哪里，哪里就高兴地出笋了，咔咔拔节，唰唰掉壳，长大就是一株英俊的竹子，竹身墨绿，竹叶碧青，身高与老竹平齐，那是一年时间长成的。九丈甸园的竹子都是清一色的毛竹，我的感觉比别地的毛竹要高大一些。满目绿色的竹子，天生的，都是大自然的布局，自由散漫，我非常喜欢。清晨生玉露，傍晚起紫雾。告诉你，晚饭吃早一点，喝点楠溪江老酒汗，微醺，在竹林里散步，再散步，天黑定了回到"居有竹"的木头楼上睡觉，感觉好极了，睡得准香。"花生与豆腐干同嚼，有火腿味"，是幽默的绝响，我说的可是平常人的真话。为什么读书人与竹相伴会特别地舒服？这需要美学家和心理学家共同回答。当然喽，春夏时节，你还可以散步到竹林之外的江滩上去。九丈甸园的概念包括竹林之外的江滩和琼浆般的楠溪江。这里江滩最宽阔，水浅，有人坐筏子漂流，撑篙很响。你在滩林间随便转，或脱鞋在鹅卵石上走，或在水里步涉，再看看两岸山色，累了干脆躺下睡一会儿，都舒服美妙。

这几年，游玩渐多。作为读书人，谁不关心"天下事"？而我等已是"天下"的"多余人"。我曾经打油两句："闲来头枕麻将桌，云游亦烹乌牛茶。"只能如此。曾经到澳大利亚乘直升机看白浪拍岸，到加拿大看百里枫叶，到斯里兰卡看热带雨林，美

楠溪江林坑村

◎ 楠溪江大桥

得心脏发紧。惊心动魄的风景我不能久享，待久了会心里发怵，透不过气来。好比结交人，我是万万不会同皇帝结交的（当然，皇帝需要结交我们！），即使是皇帝女儿或者外甥女，我也万万不敢啊！

　　楠溪江是美丽的，我非常喜欢。

南 麂

从玩的角度来说，中国的海岛并不多。厦门的鼓浪屿当然算一个。还有哪里呢？中国多数人不晓得。咳，温州的南麂很好，真的很好，我甚至觉得南麂比鼓浪屿好得多。我这么说，或曰虚妄。不信。人们都是相信吆喝，深巷里的好酒往往被人不屑。比如江岛，哈尔滨的太阳岛怎么能同温州的江心屿相比呢？江心屿

◎ 南麂由几个岛组成

酷似盆景，在括苍山脚的金浪中摇晃，青翠如黛，隋唐两塔高耸，东西崔巍似盆景。望雁山云影昭昭、观瓯海潮踪溶溶。太阳岛不在一个档次上。但太阳岛的名声真是大。南麂更像深闺女子，声名不彰。世界上许多事情总是这样，没有办法。

"111"快艇在海鸥的喧闹中剪了一个多小时的海面。"111"是海岛洞头挪过来的，洞头和大陆连接之后，快艇便用不上了。南麂不可能成为半岛，因为离大陆平阳有30海里。厦门的鼓浪屿要想成为半岛，立马可建，间隔只有700米。——我要说，南麂没有污染，是个纯净的岛屿。不见浊水，更无赤潮。南麂有10个鼓浪屿那么大，周边的海水都是干净的、明净的、纯净的，满眼一色的绿！这是近陆的岛屿无法比拟的。我在海边游泳，在沙滩漫步，能感觉得出这种干净、明净和纯净。比如沙滩，很多的贝壳，捡一枚用嘴一吹，沙即飞走，拿着的便是一枚干干净净的

◎ 六月的南麂遍地是花

贝壳，如同水里洗出。就是说，沙里边毫无杂质，沙好就是水好。——南麂盛产石斑鱼、真鲷、褐葛鲑，盛产贝藻类水产动物。所以，南麂成了联合国教科文组织世界生物圈保护区网络的海洋类型自然保护区。这称号在中国绝无仅有。

南麂最美的地方在三盘一带。站在高处，风近海远，云轻浪重。野草中很多紫红的野花，野草中很多圆润的没有棱角的石头。这种野花模样像金针，一簇簇长在秆状的顶端，开得满山都是；石头似大鼓，似巨枕，似牛，似龟，似横卧的狮子，似高啄的象牙。石头的颜色黄中泛白，略有黑斑，大罗山的石头多半也是这样，温州其他地方的石头多为黑色，墨汁一般，何哉？这问题要去请教地质学家。而水边的石头黄中微红，像是玉中之翡。大海之翠万年万万年吞吐着岸石，怎的吻出这般颜色？奇而又怪。

南麂多岛，大小五十来个。海湾凹凹，岬角丛丛，海浪潮汐，侵蚀冲击，基岩裸露了，陡崖峭壁非常奇特。五指矗立永不倒，大象的鼻子千万年挂在水边，很美。我对中国的导游多半反感，不是诱购，不是大讲低俗的神话传说，就是指着一个地方："像什么？像不像？还不像吗？"导游气得差一点抓住客人的胸襟。实际上，面对奇美，客人立时陶醉，心中自有林黛玉出，这时不能喧嚣聒噪，硬要附会，只能倒人胃口。游玩南麂，自助游为妥，慢慢来，玩玩歇歇，不能拼命吃饭、拼命走跑、拼命拍照。四五知己，住上几夜，船上钓月亮，花边品海鲜，保证您满意。

南麂可远观也可近玩。远观近玩都得慢慢来。

这在鼓浪屿办不到。鼓浪屿半天就游玩个遍。于一般游客来说，登上日光岩，周遭一睐，"那边是台湾"，也就差不多了。

而鼓浪屿也有南麂所缺少的好处，比如红瓦圆顶的欧美建筑，林语棠旧居，诗人舒婷住在岛上，又是殷承宗的故乡，故而鼓浪屿钢琴多多，有"琴岛"的美誉。但钢琴是鼓浪屿人的好性情，与游客无关。舒婷也不会挽起你的胳膊走一程。而鼓浪屿和南麂都有临崖摹刻，都有郑成功的足迹。厦门是郑成功的大本营，他于1658年控制温州，在南麂屯兵操练。郑成功被赐姓朱，所谓国姓，人称"国姓爷"。在南麂，有国姓岙，有国姓山，也有国姓庙。摹刻的"官澳"，跟郑成功有何关系，下款的"虎林"是郑成功的什么人，我们不得而知。我在想，郑成功奋抗入侵，行为可歌，而明朝，皇帝一个比一个昏庸，整体腐朽了，改朝换代也罢。清朝倘若保持康乾盛世，不搞文字狱，不错啊；后来又是昏庸，又是腐朽，又到了改朝换代的时候。布什把独裁的萨达姆关在笼中，未尝不是好事一桩。但一个地方，有文化沉淀，终是好事。

鼓浪屿和南麂终不一样。鼓浪屿是移栽的河边的杨柳，南麂是远离尘嚣的山间的香樟；鼓浪屿是"美声"，南麂是"原声态"；鼓浪屿是多情的放浪的少妇，南麂是十八九岁的纯真而美丽的村姑。歌曰：

海石奇兮，月亮咬之；岛花璨兮，鱼腥沐之。渔歌响兮，天鸡闻之；南麂羞兮，村姑名之。

温州人刘基

　　陕西有人说刘基（刘伯温）是他们的同乡，江西居然也有人这么说。我在山西平遥拍得一张照片："对弈亭"，说他们的同乡刘基与某人着棋。而温州的文成南田埋着刘基，而且埋着刘基的祖与父。文成王国侧先生掌握着刘基祖脉的确凿证据。刘基是温州文成南田人，没得说！但翻阅典籍，出现"青田刘基"。的确，南田60多年前属青田，1946年，温州出现一个新县："文成"，圈青田、瑞安、泰顺交界处而成。——蒙古人建立元朝，蒙古自然一直在中国的版图上。也是在1946年，我们承认了"蒙古国"。今天，我们能说他们的总统恩赫巴亚尔是中国人吗？能说他们的总统恩赫巴亚尔是温州人吗？不能。不过经济绑文化，地方"争"名人，情有可原吧。

　　北宋《太平寰宇记》载："天下七十二福地，南田居其一，万山深处，忽辟平畴，高旷绝尘，风景如画，桃源世外，无多让焉。"地灵人杰。高祖父刘濠，在宋朝任翰林掌书；祖父庭槐，是宋朝的太学上舍生；父亲刘爚，在元朝任儒学教谕。刘基23岁即中进士。三年后，做了江西高安县县丞。

　　但综观其一生，刘基是个悲剧人物。一方面，刘基是个奇才。《明史》说他"博通经史，于书无不窥，尤精象纬之学"。诸子百家、天文地理、阴阳五行、谶纬术数、军事韬略、兵法智术、农事医学、扶乩占卦，刘基无所不精。另一方面，他又不得不依附腐臭的政治，因而，格格不入的矛盾频频出现。

比如第一次去做县丞。县令相当于现在的县长，而县丞相当于现在的副县长或县长助理。元代，县令以上还设有达鲁花赤，多由蒙古人担任，不必考试，更非民选，总揽全县政务。"达鲁花赤"是蒙古语，原意是当头的人。就像县委书记。达鲁花赤、县令、县丞各设一名，可见，刘基是高安县的第三把手。达鲁花赤昏庸，可又惹不起。刘基耿直，先是得罪了有蒙古人做背景的初审官，又与高安豪族结下了怨仇，很快面临撤职，最后江西行省打圆场，把刘基调到了都会南昌去，给了他一个职官掾史的职务。南昌的官风同高安没什么区别，刘基秉公办事，不讲圆通，与同僚每每意见相左。不久，刘基就递上辞呈，以自己"朽钝"为名，辞官不干了。

刘基先后四次辞官。

刘基终为朱元璋军师，为打下明朝江山，立下赫赫大功。朱元璋称帝后，给刘基的诏书中说："攻皖城，拔九江，抚饶郡，降洪都，取武昌，平处州，尔多力焉。"《明史》称他"佐定天下，料事如神""太祖取士诚，北伐中原，遂成帝业，略如基谋"。朱元璋每次召见刘基，都是屏人密语，往往一谈就是一两个小时，内容"自徐达而外，人莫得闻"。刘基死了有一百多年后，明朝廷下了一道诰命，诰命赐予刘基"文成"的谥号（谥号种类很多，这是评价极高的美谥）。并把他跟汉初大臣张良和三国名相孔明等人相提并论。称其"慷慨有志，刚毅多谋；学为帝师，才称王佐""渡江策士无双，开国文臣第一"。

◎ 刘基故居，有王佐、帝师两亭

可是，活着的刘基得到朱元璋的善待了吗？没有。当然没有。打下"江山"后，朱元璋封刘基为御史中丞（御史台的副长官），并无多大实权。曾有闹着玩的"问相"之事，假惺惺地说："你当丞相吧。"最终却是把相位给了刘基极力反对的德行极差的胡惟庸！朱元璋给功臣们大封爵位，爵位分为"公""侯""伯"等五等。第一批被封为"公"的有6人，没有刘基的份；被封为"侯"的共30人，居然也没刘基的份！半个月后，朱元璋才迟迟补封了两个"伯"等爵位，一个是汪广洋的，另一个才是刘基的。而刘基跟汪广洋相比，待遇要差得多。论食禄，也就是工资待遇，汪广洋是600石，刘基只有240石。要知道，韩国公李善长的食禄却是 4000 石，是刘基的十六七倍！

何为？实则很好理解。良弓藏，走狗烹，是其一也。定国后，皇帝便猜忌身边的勋臣，因为他们懂得夺国的路数，而对于"太有才"的勋臣就更加要提防，为了自己的江山代代延续，就得与"太有才"的勋臣拉开极大距离。朱元璋十分相信阴阳五行、谶纬术数，而这方面刘基又十分精通，何况刘基又是料事如神的军事家。这就注定了朱元璋登基后刘基的处境，是其二也。朱元璋拜相李善长、徐达、胡惟庸，他们三人都是同乡安徽凤阳人，觉得可靠。当然，刘基耿直，"性刚嫉恶，与物多忤"，不适宜做丞相，也不宜委以重任。做丞相重臣要圆通，善平衡，可以适当腐

◎ 刘基家边的铜铃山

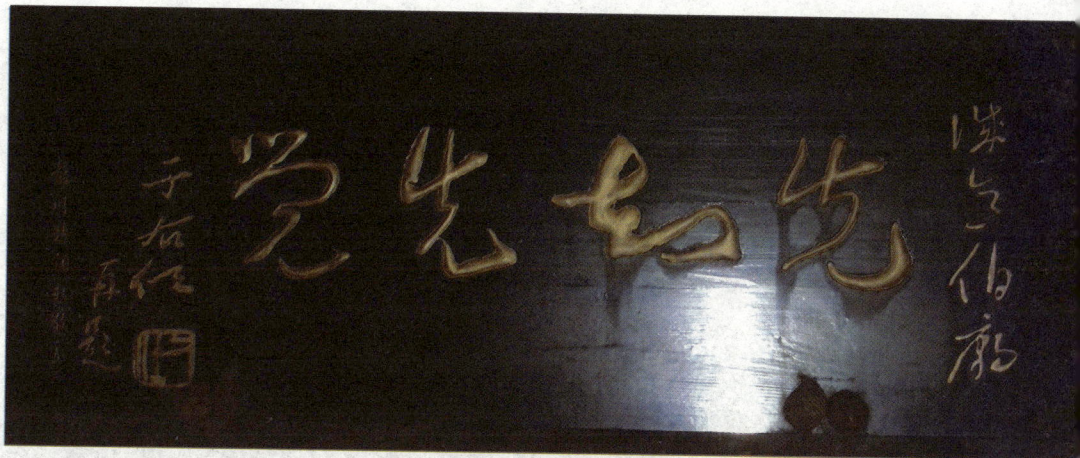

◎ 刘基庙。于右任题"先知先觉"

败，尽管腐败会动摇皇权，但勋贵是皇权的基础之一，以适度的腐败换取他们的死心塌地，非常合算。而刘基像是一个读书人，死抱法律，居然诛杀地位仅次于皇帝的韩国公李善长的外甥！这就连起码的政治都不懂了。皇帝害怕的不是别的，就是重臣专权，重臣威望日隆，皇帝地位就相应下降，他怕重臣会抢了他及其子孙的江山。——你看，后来，朱元璋猜忌日重，以子虚乌有的谋反罪，杀胡惟庸以及李善长，十年株连三万多人！徐达、汪广洋也没有好下场。当然，李善长、胡惟庸跋扈嚣张，腐败过度，被诛不足惜，这是另一话题。

温州人刘基，六十一岁告老还乡。《明史》记载，刘基在家韬光养晦，小心翼翼，只是喝喝酒，下下棋，从不提起自己的功劳，避免同地方官吏接触。刘基如此低调，如此谨小慎微，最后还是免不了灾祸。

南田有个地方叫谈洋（今朱阳），该地区是盐贩、盗贼聚集的地方，方国珍就是从这里起兵反叛的。于是已经告老还乡的

◎ 刘基故居。沙孟海题"千秋景仰"

刘基委托儿子刘琏上奏，建议应在该地区设立巡检司，加以控制。而时为左丞相的胡惟庸却挟私弹劾刘基："谈洋地有王气，基图为墓，民弗与，则请立巡检逐民。"也就是说谈洋有君王之气，刘基想在这里谋取自己的墓地，当地百姓不答应，便要设置巡检司为难当地民众。谈洋是否有王气，今人看来，很是可笑。可惜那是在六百多年前，那时霸占王气之地为墓属逆谋行为，是诛九族的大罪，而把此类莫须有的罪名嫁祸于精通象纬（阴阳风水）之学的刘基身上，逻辑上更是有了顺理成章的因果。

胡惟庸这一招可谓狠毒，不但击中了刘基的要害，而且说到了朱元璋的心里。

刘基被朱元璋褫夺了俸禄！刘基亡羊补牢急忙进京谢罪。

洪武八年，待罪南京的刘基病笃卧床，朱元璋见他再无堪虞之处，特敕归老桑梓，并作"归老诏书"，一改"老先生"而直呼其"尔刘基"，并以"君子绝交，不出恶言；忠臣去国，不洁其名"的古语开篇。言辞之中，早期的恭敬语气荡然无存，而带有明显的峻厉冷漠的色彩。刘基回到南田，一月后即去世。后三十二岁的长子刘琏，"为胡惟庸党所胁，堕井死"。

《明史·刘基传》记载刘基的死，是胡惟庸挟医毒死的。或曰背后的凶手还是皇帝朱元璋。今人以平常心去看，刘基当是自然死亡。但于皇帝，你说，什么事干不出来呢？岳飞之死，难道真是秦桧一人所为？非也。那是南宋帝赵构偏安杭州，不想让父兄回国啊！……

刘基之死，千古一谜，已经永远无法解开。解开也没有意思了，君侧善终有几人？

王国侧先生说，今刘基后裔，多达十三万人，二十一代、二十二代居多，遍及温州各县及海内外。多农工、教育、科技、商贾，极少做官。多聪慧、诚信、坚韧、内敛，有刘基的美好基因。这就好！

我想，这基因是属于温州的。这也是温州人的美好品性。

我到南田凡三次，去秋躬拜刘基墓，泪不能禁。

临溪渔港

　　冬至，雁荡接待三作家。从观音洞下来，已是第二天的晚上。我说，按照常规，得看夜景，导游指着某处，附会唐僧啊犀牛啊情侣啊："像不像？像不像！"你只得说像。名家说，不看也罢，肚子饿了，找点土吃吧。土吃是相对于宾馆的餐食而言的。本人狡黠，利用了一位有钱的朋友，在雁荡吃贵喝贵，名家终于受不了，说，找点土吃吧。

　　文人和官人终究不一样。古文中有"肉林酒池"句子，有"天子食太牢，牛羊豕三牲俱全，诸侯食牛，卿食羊，大夫食豕"说法，指的是在吃上王们的奢华和排场。2005年，在香格里拉，有人见我肚子大，人模狗样，问熊掌要不要。我说这也有人买吗，多少钱一只？答曰：北京有人专门飞来，买几只就回，7000元一只。我笑而不语。而吃辽参和鲍翅燕我是见多了，辽参和鲍翅燕，本身没有多少味道，药膳价值也不是多吃就好，可是官人落座后，招待的人会端上来，供奉你的地位和身价，由不得你。今天有"富贵病"的说法，高脂血症、高血压症从前太医不知道，多数皇帝短命，除淫纵之外，和"富贵病"不无关系。我的程姓先人程咬金，书曰"笑死"，戎马归来，接受李世民给的"适当腐败"，吃得过好，血压过高，一激动，脑溢血了。

"酸文人"的说法，不是全无道理，这里不谈。李白爬不上去，"烹羊宰牛且为乐"，倘若仕途得意，将是如何的玉盘馐珍？但李白还是以喝闻名，不像苏轼善吃。东坡肘子、东坡豆腐、东坡饼、东坡肉……苏东坡的发明应该属于民间菜系。苏东坡追求的是实际的爽口好吃。这不是官人的定位，而是清醒的文人的定位！并非名贵即好，贱如鲢鱼头，做好如红烧、清汤、剁椒，同样大快朵颐。当代名豪中，汪曾祺、林斤澜、邵燕祥不爱大桌宴席，喜欢小吃，喜欢温州的猪脏粉、灯盏糕、炒螺蛳和血蛤（花蛤）。到一地，就喜欢一地的小吃，这是智慧。

话说我的车蜿蜒而出，把雁荡的"山深"抛到后面，迎面潮湿的"海阔"。有大海的诱人的腥味。是大荆的地界了，路边有不少食铺酒肆，有的店名欠好，有的环境不佳，有的环境尚可，下车一看，只是菜肴品种少了些。继续走，一半是我的客气，一半是三位的肚子还没有真饿。七八公里了吧，到了一个大村庄，下车问店，一个汉子说，这个村庄叫盛家塘，前面有牌子，牌子下右转，再直走，就是临溪渔港了。包好吃。

果真是个杏花村。清冽的一条河，错了，实际是溪，少见的一条大溪！水瘦而枯，聪明的村民便在下方筑坝蓄水，不旱不涝，大溪饱满，微波水溢而入东海。有"临溪渔港"招牌，岸上一排排的包厢，异常整洁。岸边几个雅座，荡漾水中，晚霞飘来，灯笼点上，非常地好看。

树菇、山药、雉鸡、野猪肚，是山珍吧；黄鱼、水鱼、枫鱼、凤尾鱼，是海味吧。雁荡山麓，东海之滨，吃在临溪渔港，你想象"云影""潮踪"吧，你比较天子之食、诸侯之食、卿之食、大夫之食吧，孰高孰低？热菜中，我先点炒粉干、一海端、红烧鳟鱼、冬笋芥菜。粉干北京叫米粉，云南叫米线，有粗有细，粗的在温州，轿杆一样，做猪脏粉，细的也在温州，银丝一样，做炒粉干。粉干入汤即捞，晾在一边。油煎放姜，姜起煎蛋，添作料如干鱼，终倒粉干拌炒，加油久之，一把绿葱可起锅！炒粉干像主食，又不像主食，那个香啊，那个嚼劲啊，容易把舌头吞下！这是我熟门熟路的菜，端上来时，刚要介绍，三双箸早已开挖，吃相野蛮，斯文落地，有人噎住，我慌忙递去啤酒。

一海端，一菜三鲜也，白虾，螃蟹，跳鱼。沸腾白煮，黄姜五片，绿韭十段，一锅见海。鳟鱼在温州叫知鱼，绝对野生，圆滚滚，精壮壮，属于"百滚之味"之鱼。还有冬笋芥菜，冬笋山珍也，出自毛竹，脆而少春笋涩味，芥菜合炒，颜色鲜亮，给人又山野又田园的感觉。

我问，还要吗？

三作家恍惚醒来，连打饱嗝，以示满意。犹豫摇头，像是留恋。说，要当还要，下次再来。车子发动，三作家回望临溪渔港，自言自语，温州真是个好地方。

一个真字，耐人寻味。温州真是个好地方。难道离开吃，温州就不是好地方了？非也，这下完满了也。

○ 石门洞

我的石门洞

我听到"石门洞"这个名字，是在 40 多年前。那时父亲说，唯一的一次中暑是在石门洞。父亲非常健壮，一生不曾感冒，中暑对于他，就是最大的病。我在听的时候，感觉石门洞是个让父亲受苦受难的地方。而我第一次到石门洞，在哪一年，已经忘记了。感觉这个地方非常好。近年来，有了高速路，我差不多每年总要走一趟。每年总要走一趟的地方还有雁荡。清静，幽深，内敛，有山有水。一个小时就到了。玩了，吃了，休息了，回家天色还早，还可以干些别的事，一点也不累。

石门洞，好地方，是我心中的一片乐土。

李白诗云："康乐上官去，永嘉游石门。江亭有孤屿，千载迹犹存。"李白没有到过永嘉——就是今天的温州（彼时永嘉，包括温州，还有台州、处州的一部分）。他羡慕谢灵运。东晋谢灵运，虽守永嘉，却整天游山玩水。他说石门"双峰对峙，壁立大溪之上，状似石门"。他没有官运，因为跟错了主子。他袭爵康乐公，不理政务完全没事，"肆意游遨，遍历诸县，动逾旬朔"完全没事。而他过于骄纵，后来触动了统治者的底线，终以谋反罪被杀于广州。

他说的"大溪"，当是瓯江。我的父亲在瓯江撑了一辈子的船，少年时的我，整个夏天都泡在瓯江中！石门之水流下来，就是我的家门。——康乐先生，你作你的诗多好，何必参与政治，掉了脑袋！

第二次到石门洞，是在1984年春。那时"温师"毕业，带学生春游到此。学生满意，先生我踌躇满志，做文章《石门沉思》，晚秋发表出来。全文如下：

春三月，随一群少男少女游石门。车子一路的"摇滚"，可是一达青田地界，恹睡的人便振作起来。浅蓝的长天，阳光呈橘红色，却不能把满目的墨绿墨绿的山色改变一丝一忽，绒绒的洁白如羔羊的云似有戏玩的情致，刚刚团在山间乌岩上歇脚，忽又化作线缕在树间穿流。山鸟从树间弹出，红的嘴绿的尾。鸟呀，树呀，云呀，却都逃不离倒映在青山中间清清如镜的瓯江……

　　杜鹃花瓣像桃花雨从窗外飞击在我的脸上，我忽然怀念起曾在石门读书的刘基来。啊，他就是蕴有灵气的山水孕育的伟人，若无他，朱元璋能否驱得走蒙古人？遥想刘基神机妙算，比之诸葛亮孰高孰低暂且不论，但刘基毕竟给历史大潮推了波，逐了浪！

　　车子到了石门渡。我们从满是乌黑、雪白、橘红的鹅卵石溪滩走上渡船，眼见对面便是美到极致的仙境：苍翠静穆的大山把通身地力聚在底处，底处便有了对峙耸立的两片"石门"。石门陡峭壁立，刚硬凝重，如斧如剑。壁峰上生长着卷柏、野藤和一片片如火的杜鹃。几棵怪松从黑褐的巨石中挣脱出来，在半空中侧探着身子，做望水吞云之状。绿绿的瓯水抚拍着，倒映着，更显出这两片石门独特的雄刚之美。

　　"横过石门渡，刘基尚有祠。"他的祠绝不雄壮辉煌，显得寒碜，给人寂寂清冷感觉。我想生性爱清寂的刘基是喜欢这地方的。他的塑像同样"虬髯，貌修伟"，表现出一代精英的浩然之气。我深深崇敬这一位，不仅是他"数以孔明之言"开导朱元璋，更因为他的文章写得好，是个大文学家。

　　"石门有胜景"，那就是石门瀑布和其下的瀑布潭。相比之下，雁荡大小龙湫有时显得纤细，仙岩朱自清的"梅雨潭"已不在话下了。

走了几步石板路，前面是一个草坪。草坪不远处在一片阴柔之美的氛围之中。四周是樟树，有袅袅香气在草坪上飘飘悠忽，樟叶的异香和少男少女踏出的草香搅和均匀，自然是非常地醉人。草坪的东南两面，樟树下一条淙淙流淌的小溪流，洁得发亮，亮得耀眼。黄的碎石，青的小鱼。醉红醉红的樟叶在水波上打着圈圈，从上水洼漂向下水洼，又醉红醉红，又打着圈圈，忽而这樟叶搁浅在一块乌黑乌黑的石头脚下。石头巅脊，一只黄鹂觉得孤独，欢欢地叫唤。

可是，世上许多事情是无法想象的，无法理论的，不管你相不相信——我目不忍睹：在这绝美的瀑布潭边，千真万确躺着一具绝丑的棺材，黑色的；当地几个壮年人——千真万确是几个壮年人——在铿铿敲响……

我爱大自然，歌唱一切促进社会进步的精英。但我死也不肯盲目地歌唱所有的人。

回车之前，我的心绪那么坏，活像吞下了一只发臭的死鼠；可看车中异颖的少男少女，心中又不禁生出悦悦之意。

多么稚嫩而又矫情的文章啊。发表时节，父亲病故。这是一篇唯一没有给我带来兴奋的文章，似乎蕴含某种宿命——这当然是没有的事。而文章的浅薄已显而易见：我涉世太浅，什么叫丑恶还真没有见到，见到一具棺木就嗷嗷叫！这就叫无病呻吟！当时，没读《明史》，也没读《郁离子》，对刘基认识很浅薄，而且还在崇拜郭沫若嘞！因为刚读了《女神》，还有

《请看今日之蒋介石》，青年的郭沫若是多么朝气蓬勃、无往不前啊！

2008 年 5 月初，温州文人和青田文人进行文事活动。我提出夜住石门洞，人微言轻，抑或规格有错，意见没有被采纳。住在青田最繁华的街道、最豪华的宾馆，身为"贵宾"，心里一直想着石门洞。啊，我的石门洞。

三碰仙岩

　　我生性与伟大、神奇、极致的东西总不合拍。黄山雄奇壮美，面面皆画，叫人消受不了；我也经不起泰山沉重的历史的折磨，发誓不再见齐鲁。今年暑天，站在新疆天池边，阳光不掺风，天池通体绿色，我从绿色中观望天上白云飞渡，观望全疆之巅、冰铠雪甲的博格达峰。绿色中似有众神挣扎，似有一双双邪魔的眼睛……顿时，我透不过气来。我退回。引申开来说，我的草芥个性注定我不会怒发冲冠为红颜，白娘子和祝英台站在面前，我会震慑于法海先生而且决不会去化蝶。

　　因此我比较能接受本地的山水。本地山水也是永远鸟鸣啾啾，瀑布訇訇，树草葳蕤，云白石黑。不像黄山松寸来长便似舞女般卖弄，我享受不了，我说过。说穿了，我认为旅游游什么地方并不重要，有游就好，心情重要，同游的是什么人更为重要。

　　游仙岩，凡三次。末一回是前天，男六女四，除我之外，男的都是饱学之人，出语娓娓，不做慷慨，但落点准确。我忝列其中，学到不少东西。女是淑女，貌甜，温文尔雅，不娇嗔，不矜持，不做作，不虚饰。低回中见韵致，笑语中出风范。男女在梅雨潭拍照，笑声激荡。问他们从前拍过没有，答曰拍过，问他们何故再拍，答曰别问何故。意思大约是兴之所至，怎么都是高兴

的。问他们雷响潭去不去，龙须潭去不去，他们都答不去。那意思是说已经很高兴了，再走也是这样，就当算了。

第二次到仙岩是十年前的冬天。师友介绍过来一位贤人，说："做你的妻子。"两个礼拜后，我用崭新的自行车载她游仙岩。我要试试自己的腿脚如何，更要认真观望一下贤人的性情品质。那一天走了很长的路，梅雨潭、雷响潭、龙须潭都去了，但心中都没有潭。左山上，右山下，不见鸟鸣啾啾，不见树草葳蕤。她在仙岩寺买香跪拜，显得纯真和虔诚。我在酒店中称自己欠债六千元，怎么办，她微有错愕，稍显不安，缓和过来时候，说："慢慢还。"——我们结婚十来年，这回出游相互间的情景总是记着，但不该唯独把媒人般的仙岩山水忘得又干又净了！

1982 年清明末，仙岩华枝春满，一山杜鹃红。东海白云撞着黑岩和大松，程绍国偕同学郊游到此。青春年少。瀑布无声。仙

梅雨潭

同治九年秋八月同遊梅江邨郭鍾岳外
祖吳朝晉小湖會稽方錫九雨林方
秋同公乗艇觀泉諸人萬銅香太平胡寶春

岩快乐。我满头大汗，怀里揣着朱自清先生的《绿》，时时摸出来比照比照，发现文学家不是实事求是的家伙。这个发现本使我的快乐没有了理由，但快乐像一条癞皮狗一样死也赶不走。啊，都是春天，仙岩的春天，我和同学生命的春天。

现在想来，朱自清的"绿"许是他心中一女人。他在写情书。朱自清生性含蓄典雅，不比郁达夫。在温州教书爱上某人了，他是有妇之夫，不便明说。"掬你入口，便是吻着她了""从此叫你'女儿绿'，好么？"矫情又肉麻，叫人"立不牢"。即便不在仙岩，我想他也有他的"绿"的。但那时朱自清旺盛的生命力使我非常仰慕！

天地悠悠，斗转星移。唐颜真卿在仙岩寺写下"天下第二十六福地"的题匾，已一千多年矣。这位劝谕不归的人和饿死北平的朱自清一样，节操气贯长虹，光照千秋。物是人非，仙岩依旧。草木虫鱼都是美。风景区还有哪儿是不好的呢？仙岩当然好。

过年:冰雪长白山

长白山盘踞关东，绵延八千余里。飞机、火车，五小时的汽车，我融身深山老林，抵达大山的颈项。这是龙年除夕的午后，温州人不再批切鳗鲞酱油肉、我的兄弟将在文华大酒店打开西域干红葡萄酒的时候，我和孙建舜两家却遁入逶迤磅礴的冰山，在林海雪原之中过年。我和孙建舜是多么不同的两个人啊。

亲戚正告：别人过年石碓都要背回家，你反而去年走西安，

◎ 无题

今年走东北，不好。错了，我得到一个节假日，拥抱一个奇特的所在，我肯定会非常愉快。人生在世，有多少愉快属于我，我要一一捡回，越多越好，我守什么老祖宗的规矩呢！

有人警告：在东北，撒尿的时候要边尿边退，否则连根冰冻；如席的大雪击在脸上，不可抖头，否则双耳簌簌掉下。没有没有，已到长白山，北国没有那么冷。北国的冷光明正大，干脆而豪爽，说多冷只有多冷；而南国的冷不明不白，连提防都没法子，温州的"丝丝冷"无处不在。长白山纵是冷得骇人，那地方人类可以存活，我为什么就不能拿身体嘲弄一下大自然呢？

长白山整个地让冰雪封住了，没有草，只有树。幸而国家滑雪运动队驻扎在这里，因而推雪车时有往来，因而酒后的我们能够穿靴在树下挪动。树以白桦为主，伴有云杉、冷杉、落叶杉、东北赤杨，间以低矮的灌木如牛皮杜鹃和笃斯越橘。有风，世界沙啦沙啦响，空中满是飞雪，衣服一片白，拍拍身，干爽的雪花全然掉下。雪花并非来自高空，那是风，风叫地上的雪起舞，替换树丫树枝上的雪。空中少鸟，林中无兽，只有快乐的几个温州人。没有肮脏这个词，随处倒下，横的翻滚，竖的筋斗，完全随心所欲。厚雪中身体印出一头头狗熊，我的孩子对着狗熊做狂吠之状。孙建舜夫妇高唱《智取威虎山》——"穿林海，跨雪原，气冲霄汉……"我却不按常规，唱起了"沙奶奶"。

次时天蓝，不见太阳，西山却一片火红。我们走峡谷，寻找一条天池悬挂的瀑布，这是目的，但走着走着，便忘了目的。我们首先摄魂于一条雾溪。长白山是水就结冰，是冰就盖雪，哪来的溪？没有溪又哪来的雾？不，那是温泉溪，温泉从地底下咕噜咕噜上冒，水汽氤氲，潮湿而温暖，微风吹拂，袅袅娜娜。朦朦胧胧，周边寒处岸上便尽是雾凇，白白忽忽。溪中石头上有厚雪，似帽非帽，似蘑菇非蘑菇，似小屋非小屋，隐隐约约笼罩在青青紫紫的溪雾之中，放眼望去每个角落，都是一幅绝好的水彩画，真的。

◎ 长白山清晨

再溯上游，便断流了。断流是因为"冰封"，因为"雪飘"。"冰封""雪飘"之下，仍有暗流。因为远远地我们看到那挂天池瀑布，被冰雪张开的大口吞没，仅四五米长，以下了无踪影。这是山的深处、峡谷的绝路处，由于峡谷尽头，风"流"盘旋，堆积了像是长白山一半的白雪，又是风力的关系，日日月月，雪坡不再松软。究竟有多厚，谁都说不准。只见带状一溜岳桦林，在雪地上露出树梢，阳光泼洒，火烧白雪幻成幽蓝幽蓝，似乎神在这里调色，倘若不是身在山中，这种斑斓，这种罕见的奇美，连想象都很困难。孙建舜夫妇直叫："仙境！仙境！"

满身大汗。我在宾馆露天浴池洗澡，裸身一人。水面之上是零下 30 摄氏度的寒气，水面之下是 30 摄氏度的温泉。蓝天上偶有黑鸟飞渡，或叫，或不叫，完全听凭它们自己高兴。而我心猿意马，早已没有羁绊，我和黑鸟何异！

鲁苏七日

六月二十日

　　文化娱乐部去采访。其他部室则有幸去旅游，旅游的名义从何而来呢？旅游是由于"世界杯"。体育版面在世界杯足球赛期间一扩为三，因此其他部室轮流旅游——体育实在是个好东西，

人人得益。

机场，与瞿炜、林圣忠及三位女士会合。晚上九点半，飞机降落在济南机场。温州是几十天的阴雨，人的皮肤都要生青苔，济南却闷热异常。人像在沙漠里，又干燥，又灼热。——济南是碗形的盆地，济南人苦夏，不知道济南人祖祖辈辈是怎么过来的！

把住处安顿好后，我们去找吃的。找吃的在温州绝不是个问题，随便哪条街、随便哪个角落都有，只要坐下来张开嘴就行。小摊排档、饭庄酒肆天亮不关，面点小吃、生猛海鲜任你选择。可济南不行，晚上十点来钟街道两边像洪水冲了一般，行人都很少，偶尔遇到几个像警察又不像警察的人，据说是要盘问外地人的，叫人心中惴惴然。我们还在找吃的，好不容易见到一些人围坐矮桌矮凳，走上前去，他们在吃一些东西，但脏兮兮的不堪入

©泰山岱庙

目。我等只好在街头饿虫般地蠕动，爬过几座立交桥，大家慌乱。忽然想到找出租车司机问一问，果然，司机把我们拉到一个美食城，说是济南唯一吃夜宵的地方。

美食城食客不少，三四个男的加一个女的，或者五六个男的加两三个女的。美食城格局类似温州中等的酒店，从陈设到服务都相似，只是海鲜不生猛，多是死的。我们不会点温州活的、四十元一斤而济南要卖六十元一斤的死螃蟹，我们点了肉类和干鱼、蔬菜。第一道炒粉干端上来，绝对炒得不好，但大家都说好吃，使我想起古典名篇《芋老人传》。涮羊肉却没有川崎调酱；酱油醋你要她才给，不像温州，酱油醋和筷子一起先摆上。

子夜躺下，旋即圣忠兄呼噜声起，三拍顺声连着半拍逆声。我多年神经衰弱，睡相坏极，今天疲劳，三拍顺声大约还可以送我入眠，但逆的半拍叫人受不了，像是走了三步，头颈被圣忠兄套住了绳，忽地倒拉。我以脚趾勾勾他的肋肉，鼾住，他张开血红的眼睛，非常好笑。我不能恶作剧下去，索性起来，见瞿炜睡脸像婴儿一样，平时的霸气、匪气、流气不见了。

我吃下了三片舒乐安定。

六月二十日

济南三大风景：大明湖、趵突泉、千佛山。

《济南时报》王小宁说千佛山不值得一走，去了晚上到曲阜就困难了。

大明湖名气大，名气大是由于古代文人画士嚷嚷。他们嚷嚷是由于孤陋寡闻，大约连江浙都未逛过。就自然景观而论，我认为南方所有流动的江河（比如温州境内的瓯江及其支流楠溪江）比所有湖泊都怡人，就因为它是流动的、活的。尽管几走西湖，我对西湖没有留下太好的印象，但西湖弥望的碧山绿水的确宜人，胜迹处处，是可游的。相比之下，北京的颐和园次一些，人工雕琢似多；但布局精致，在干燥的北国实在不易。而大明湖水黄，景点少变化，赤露无韵致；水下又造了什么"龙宫"，最可怕的是水面上漂浮着无数塑料的红鸭子，又耀眼又滑稽，令人厌恶。我们见到一个"大明湖"碑石，众人拍照，走出一个猥琐的

◎ 孔庙

119

人来，说要收费，因为碑石是他自费立的。旅游为求心情好，我们给了他十元钱。——当初雁荡乘车，我一家人被敲诈了一百多元；黄山吃鳝鱼，一群人硬是在豆芽中找到几段鳝尾。稀奇的地方幸睹稀奇的人和事，也是旅游一乐。

　　所有风景湖都栽杨柳——轻盈婀娜如女人的杨柳确是百看不厌。而我的脑海中忽然跳出柳永的名句："今宵酒醒何处？……"柳永是酒人，我也是；柳永多情，我也仿佛。对他的潇洒，我望其项背。故而他的这几句我能记住。我嘀咕了这一句，有人接句："杨柳岸，晓风残月。"

◎ 趵突泉

没有这两句的话，整个柳永不可想象。而"酒醒何处"更神。倘若于史流传一二句，就算名家了吧。一会儿去辛弃疾纪念堂，辛弃疾写了那么多东西，多少名句流传至今！比如"想当年，金戈铁马，气吞万里如虎。""千古兴亡多少事？悠悠。不尽长江滚滚流。"可这样的名家又有几个？

辛弃疾纪念堂原是李鸿章祠。废祠是因为李鸿章签了不少条约，"卖国的"。卖国当然不对，那么当时谁去签约会签成"爱国的"呢？谁都不能。列强大炮，国弱言轻，前去签约不哆嗦就算不错了，然据说李鸿章舌战洋寇，虚与委蛇，黔驴技穷，签了不平等条约，实为不得已。这样的条约刁钻的官员自然不去签，这当儿的李鸿章可谓大义凛然、可歌可泣。——历史总是垂青硬拼者，意在教育，而历史更要实事求是，训诫后人振兴民族，巩固国防。

就算李鸿章是个坏人，坏人的祠堂也是人文景观。明朝以降，紫禁城的主人有几个是好人？然而故宫参观者众。慈禧太后的洗脸盆有人看，金指甲也有人看，看看也能了解这个女人当时的生活状况。就说李鸿章是坏人，祠堂留着，参观者中做父亲的人指着李鸿章像，说："这是个坏人！"接着列举事实，儿子听着，教育意义不也出来了吗？

《老残游记》描述大明湖是很热闹的。"白妞说书"一节，老残下午去已没有座位了，官员老爷们派人把前排订了，后排和边排也都是凳子。老残是站着看的。看出色的琴师赛一气，看非凡的黑妞唱一气，老残就以为这就是大名鼎鼎的白妞了。边上有人说这是白妞的妹妹黑妞，她的唱艺离白妞还远。可见"白妞说书"不是一时的，大明湖的热闹也不是一时的。据说济南要按《老残游记》所描述的场景重建大明湖书场，再现当年景象，我认为是庸人之举。可在趵突泉剧场今天还有一个，闷热天旦角穿着古装，唱着"济南京戏"，咿咿呀呀；台下听者众，意兴盎然。想想还有那么多人喜欢这个，重建"白妞说书"，又似乎不无道理。

大明湖游客不多，我想快快离开，感觉好像游客只有我们六人。圣忠兄单独走着，寂寞了，指着空中，说有蜻蜓在做爱；一会儿，把马小姐买的拨浪鼓拨得山响。在大热天，鼓声没有蝉声好听，使人心烦，我把鼓骗过来，还给马小姐了。圣忠兄鼓腮瞪眼，似怒似笑。我们都想离开这没有兴味的地方。趵突泉是一个园林式的风景点，苏洵笔下有描述。风景点以众多的涌泉著

◎ 大明湖

名。然而现在可惜无一泉涌。许多泉点多年枯死，流不出一滴眼泪，已用水泥浇灌成四方坑，仅仅有木牌注明"某某泉""某某泉"。——注明和不注明是没有关系的，从前确实有涌泉，现在确实没有，没有我可以想象它有。苏洵不是说"若轮"吗？那是很壮观的，那么多涌泉"若轮"起来，实在好看。这样想来，趵突泉有特点，是远远胜过大明湖的。

枯水的原因是什么？人说是济南别处矗立起建筑群，要采水，水就那么多，人要吃水，同时把风景吃掉了。信然。有什么比人活着更重要呢？人活着就要吃水，风景的消失是自然而然的事。没有办法。

中午王小宁设宴，王是个精干而温文的女人。至三时，乘车驶向曲阜。齐鲁平原平坦、肥沃、广袤，哪像丘陵温州。平坦、肥沃、广袤，是好地方，这就是齐鲁战事特别多的原因。

六月二十一日

游曲阜，孔府、孔庙、孔林。

曲阜城原来不在这儿，孔子原来是个"乡巴佬儿"。明代正德年间刘六、刘七农民起义军攻打曲阜县城，移营孔庙，喂马污书，吓得孔氏族属散走。为了保卫孔府孔庙，皇帝下令：迁移曲阜，移县守庙。

孔子所住位置在孔庙。孔子生前有三间房，死后鲁公把它辟为祀庙，延留下来。金兵焚过，雷电烧过，但重建扩建，今天的规制是清朝定下来的。孔府在孔庙的东侧，是孔子后世嫡系长孙居住的府第。孔子后代因庙建宅，住宅守庙。儒学为统治者受用，"衍圣公"地位扶摇直上，孔府日益显赫。孔林是孔家人的阴宅，孔府非"嫡"不住，孔林只要是孔家人都好葬，包括外姓的配偶。

我们先走孔府。孔府占地约 240 亩，厅、堂、楼、房共 463 间。雕梁画栋，飞檐彩绘，奇花异石，凉亭曲桥，是封建时代官衙与内宅合一的贵族庄园。眼前的孔府是"日益显赫"到极致的外部冻结。一代又一代坐享荣华的鲜活的人走了，剩下了宝贵的躯壳。这些人摇扇着棋，饮酒吹笛，嬉嬉闹闹，寄生得够逍遥可

◎ 孔林

以的！

孔子倡"礼"，要求人人恪守"仁义道德"。孔子的理论对未夺取王位者没用，对夺得王位者却有用极了。守天下要讲"礼"。用"仁义道德"束缚臣子的手脚，消除反叛之心。刘邦起兵争夺天下的时候，有儒生投奔他，他竟拿人家的帽子当尿盆，谁向他讲仁义道德，他就破口大骂。他逐死项羽，奄有天下后，对儒学的看法逐渐有所改变。临死那年，他回老家，酒宴上，他击筑而歌：

> 大风起兮云飞扬，
>
> 威加海内兮归故乡，
>
> 安得猛士兮守四方！

他为身后刘氏江山的延续而忧心忡忡。回京师长安的路上，他特地去了曲阜，以隆重的太牢（牛、猪、羊各一）祭祀孔子。此举表明刘邦开始体认到儒学的意义了。

汉武帝刘彻时，儒学终于登上中国思想的统治舞台，被定为一尊。从此以后，不管谁人君临天下，皆尊孔崇儒。孔庙庄严起来，孔子嫡系长孙被优渥供养（财政原因，恕不养孔子其他子孙），直到老蒋被赶出了大陆。

孔府内游人不少，许多人不放过窥其内室。人家看得，我也看得，我窥孔家妻室妾室之起居陈设，和故宫所见相似。乾隆女儿是嫁给孔家的，现在嫁妆还在。当年男女生活的气氛还在。我还见得一套洋沙发，那是马歇尔送给大陆末代"衍圣公"孔德成的，将军搞了一点小情调。我不再看了，我在想，中国的老百姓也太苦了，也太有忍耐性了，血汗化成的民脂民膏供皇族宫廷奢靡挥霍，而且遭受地方官员的肆意盘剥。儒学对皇帝有用，皇帝又居然再拿百姓的血汗滋养孔子后人几千年！鲁迅云："孔夫子曾经计划过出色的治国的方法，但那都是为了治民众者，即权势者设想的方法，为民众本身的，却一点也没有。"鲁迅能在几千年的"仁义道德"中看出"吃人"二字，可谓深刻之至。

孟子继承发展孔子，他是孔子孙子孔伋（子思）的学生，孔

○ 孔庙

孟难分，树一面旗帜就够了。当时的大思想家还有老子庄子，他们倡"道"，崇尚"自然"，主张"清静无为"。可老子和庄子微有不同，老子的境界无人可比，清极静极，庄子却多多少少会发些牢骚。历代统治者欣赏老子，他能麻醉人，使人自然生老病死，毫无煽动性；庄子就不同了，庄子稍微有刺，似乎有些和人过不去。统治者对道家是冷处理，但几千年来总是有人顶礼膜拜。然而膜拜归膜拜，老庄的庙堂里哪有孔庙那般香烟缭绕！

到孔庙。我在孔庙只是拼命走。这里有很多碑林，我一个也不去辨读，我不管是谁立的碑，说的什么，反正歌功颂德，绝无贬损的。凭我这样的文化程度，万难辨读，就是读懂了又有什么好处呢，没有好处。

孔庙里槐树高大，冠有鸟巢，乌鸦呱呱叫飞。我想：当年孔子的三间房，究竟在孔庙的哪个位置？又一想：就算是在脚下这个位置，又有什么意思？

孔林我倒是有些喜欢，我喜欢它的环境和气氛。环境阴森，气氛静穆。遍地是高树，树下是坟丘，墓碑默默，野草萋萋。我似乎见到了几千年的孔家人得意地漫步，听到幽灵们幸福地"切切察察"。导游说，不知什么缘故，孔林没有蚊子和蛇，这个我并不相信，她只是玩个噱头而已；导游指着"子贡手植楷"，说是子贡亲手所植，我姑且听之；导游指着"子贡庐墓处"，说孔子死后，三千弟子"心丧"三年，唯独子贡"结庐守墓"六年。子贡对孔子的感情不容置疑，守墓的可能性很大，是不是六年并不重要。也许子贡压根儿就没有守墓，它只是一个传说，但也反映了人们普遍尊师的美好愿望，同样可歌可泣。

我站在孔子的墓前，身后是他孙子孔伋墓，前右是他儿子孔鲤墓。我似乎感慨良多，脑袋却又一片空白。孔子又名孔老二，那么老大是谁呢？翻开资料，原来他有一个同父异母的哥哥，是个跛子，是妾所生。他父亲和妻子生过九个女儿。孔子是他父亲最后跟小妾生的，那年母亲只有十几岁，父亲已经六十多岁了。我突发奇想：几千年孔子的子孙都是孔姓所生？——皇上是不管这个的，树一面尊孔的旗帜就行了。南宋时，四十八代衍圣公孔端友跟随皇帝高宗出逃，在衢州定居下来，伪齐刘豫政权封孔端友的侄儿孔王番为"衍圣公"。元灭宋后，"南宗"以"曲阜子孙守护先茔有功于祖"，让"衍圣公"爵位给"北宗"。因此，四十八代之后的"衍圣公"已非正宗矣。

我和瞿炜决意要去拜谒孔尚任墓，我们表达了对一个文人的崇敬。

出孔林，日已下滑。人非常疲劳。

曲阜的晚饭便宜极了，一人二十元的套餐叫人吃得又爽又饱。齐鲁肥沃又丰富，你叫古人如何不争夺呢？我喝了好多啤酒，遥想孔子应该是不喝酒的，可史书上却又留下"文王饮酒千钟，孔子百觚"的记载。孔子周游列国，到处碰壁，坎坷的人应该非常生气郁闷，可他却活到七十二岁。在《论语·先进篇》中，孔子问子路、曾皙、冉有、公西华有关志向的问题，曾皙居然答曰："莫春者，春服既成，冠者五六人，童子六七人，浴乎沂，风乎舞雩，咏而归。"孔子居然说自己赞同曾皙的想法。晚年的孔老二又像是道家的人了。有趣。

六月二十二日

爬泰山了。小学时，读"重于泰山""轻于鸿毛"的话，人仿佛是猪。后来读泰山的文章就很多。我认为清人姚鼐的《登泰山记》最漂亮，美的境界谁都不可企及。"苍山负雪，明烛天南"，这是绝唱。徐志摩写过，匆应稿约，汪曾祺以为花飘。汪自己的文章分几节，写得当然好，但也不能与姚鼐的相比。李健吾的《雨中登泰山》，我看不出特别好来。杨朔的《泰山极顶》语言多美，可惜我个人欣赏不来。

旅游归来的人，都说泰山没有名堂。这是从自然风景上看待泰山，他们会说黄山第一。黄山实在美得叫人不能相信，每个角度看去都是一幅画，但那美像是人造的假的一样，让人喘不过气来。泰山是另外一个样子。是和"文化"连在一起的。古时齐鲁多么重要，大地上就那么一座大山。"泰山岩岩""齐鲁青未了"，天造神设。孔子登临，"蜂目豺声"的秦皇说要"封禅"，汉武帝带人浩浩荡荡上去……泰山重在人文景观。

我们从红门上去，没有新鲜的看头，只有零星碑石立着。半山腰，一块碑石是民国三年泰安一个知事丁其璋立的，"一览众山小"。官是小了点，但泰山是他的地盘，他想写什么就写什么，他想立在何处就立在何处，他说了算。他也可能踌躇过，心中想立碑，又不好意思，边上的人可不放过拍马的机会，怂恿阿谀，摊开宣纸，知事刚开笔，他们就拍掌。知事便忘乎所以。——话说回来，这个知事没有在泰山本体勒石，倒还没有叫人过分厌恶。啊，名山大川有几许？名山大川上的石头有几许？大人老爷们啊，手下留情！

经石峪，阔豁的涧石上刻着一部《金刚经》，长年遭水蚀风化，许多字已经磨灭了。据说这是南北朝时期的作品，不知当年是谁的主意，多么漂亮，又是哪些人镌刻的，他们要花多少力气。这是世界上绝妙的景点，可惜没有绝妙景点的肃穆气氛。

有游伴说要找轿子抬上去，路人说到中天门可以坐铁索。这和我的兴趣不一，意见不同。我是坚决要爬上去的，一个人也要爬上去的。试试腿脚，流点汗，慢慢张望，能了解了解一些，这才像旅游的样子。瞿炜和马小姐赞同了我的想法。

在中天门，我们分为两队。我惜乎他们亏待旅游神，因为中天门上去后，山越陡，路越险，景越奇。记得当年陈从周先生著文反对造铁索，说铁索不是旅游。我想：为什么要在中天门造一条铁索直达极顶呢？就因为这一段路高、陡？殊不知陡处生胜景，才有"磨胸舁石扪天"的奇趣，高险才有"荡胸生层云"，才有天高地远，才有"汶水、徂徕如画"。怎能去坐铁索？

路是难走些，三人便走走歇歇。在一处喝可口可乐，在一处喝绿茶，在一处吃西瓜。西瓜浸在泉水中，捞上来水淋淋的翠绿，剖开来红瓤叫人流口水。咬一口，爽甜至极，我吃了八块，这是我吃过的最好吃的西瓜。旅游之美有时也体现在"吃"上，旅游之疲，饮食撑之。而天南地北山珍海味各异，做法各

○ 秦淮河

异，非当地所能品尝，而爬山之累，是增强食欲和体质的好
机会。

　　路边有比我更胖的人坐着喘气。马小姐走得飞快，瞿炜逐
之。老鹰无声地钉在天上，泰安城淋浴在脚下夕阳中，显出安
详。爬至天街，拍几张照，汗水让大风带走，身觉微寒，饥饿难
耐。只见圣忠兄等抹着嘴，从饭馆里出来迎接。极顶一带已很商
业化，饭馆、旅馆、照相馆……地下非常干净，料想那是大风的
功劳。

　　夜，列车至浦口。

六月二十三日

清晨抵浦口。

胡乱吃了包方便面，换乘小面包行驶在至扬州的高速路上。我的密码箱放置在行李架上，颠簸使它滑行，溜了下来，有人便叫了起来："我的头被砸了！我的头被砸了！"我见是我的密码箱把人家的头砸了，连声说"对不起，对不起"。他们同行的有几人，扭头看我，又见我轻轻把箱子拎到自己脚边，料想不会是很沉如金银的东西，便把头扭了回去。过了30来分钟，那人又摸摸头，对我说："我的头被砸了，你赔我的头。"的确是我的箱子砸了他的头，有点痛是可能的，严重是不可能的，拿我的头赔他的头是万万不可能的。他要的是钱。一百？一千？一万？我不能和

◎ 乌衣巷

他论钱，还是连声说"对不起"。大约见我和瞿炜、圣忠三个人都虎背熊腰，他又没了声响。我猜想下车时候这人还要说几句的，果然，走下车来，他说："你要赔我钱的。"我说："那么，我送你到医院看看吧。"他们几人面面相觑，便头也不回地走了。

《扬州晚报》接待了我们。住的房间干净极了，却只需一百多元。他们真心的热情让我们产生宾至如归的高兴。午宴精美，副总编过来陪客。这是个豪爽的麻子，手下人当面说报社里谁都不怕他，而他是报社里资格最老的人。又说，他是省作协会员，出过书。瞿炜介绍了我，说我也是作家，在北京得过小说奖。副总编抬眼看看我，伸出箸，说："吃吃吃。"扬州的吃，确有名堂。古说"扬州饮食华侈，制度精巧"，我一见菜肴的"色"，便知这地方桌面上有绝响，扬州人口福不浅。八个冷盘是随意端出来的，色泽却夺目可人，那货色自己想要往人嘴里跳似的，叫人喉结滑动；热菜不像温州的黄鳗黑鳖、红虾白鱼，风行大鱼大肉地吃

◎乌衣巷

贵，而是精巧组配，那色泽似乎从历史的久远走来，像唐宋的红男绿女被端来，更具经典。

《扬州晚报》把"花大侠"派来给我们当导游。他们说接待各地同人，都派"花大侠"，一是他编文化副刊，熟稔扬州典故，二是他对女同志特别好。"花大侠"微笑着。我从他们的随便中，看出两点：一是《扬州晚报》对我们不见外，不是虚与委蛇，二是他们有一个好气氛的集体，自己的玩笑都开到生人那里去。接受他们的接待，心中不觉别扭。

曹聚仁先生说扬州是"艺术文化集大成的所在，比之希腊、罗马而无愧色"。我张望扬州从瘦西湖下手，杭州西湖大，有烟波浩渺感觉，可似乎一览无余，瘦西湖"瘦"字取得好，它是一条锦带般的别致的曲水，或放或收，或宽或狭，缥碧清澄。"收"处"狭"处便是桥，桥是美丽的腰带，时不时将瘦西湖"束"一下，六公里的游程时时见趣，不觉单调乏味。瘦西湖给人的感觉是半遮半掩的，"犹抱琵琶"的，"山重水复"处又"柳暗花明"的。

"束腰"最美丽的是五亭桥，它是瘦西湖的标志，精妙绝伦。精妙绝伦不仅因为壮美的桥梁本身，特别地，桥上有形似莲花巧夺天工的亭子。曰"莲花"，因为亭子有五个，中亭高耸，边亭衬之。中亭瓦顶重檐，四角攒尖顶，翼角四亭单檐，亭挑四角，檐牙高啄，亭上有宝顶，四角悬风，亭内有天花，图案绘制精巧，油漆红柱，金黄瓦顶。写《维扬记游》的沈复称五亭为"四

◎ 五亭桥是瘦西湖的标志

盘一暖锅"，很有意思。有人把石基比作北方威武的勇士，把桥亭比作南方秀美的少女，还说这是力和美的结合、壮和秀的和谐，牵强是牵强了些，但也未尝不可。

"二十四桥"景区是很著名的，这主要和杜牧写《寄扬州韩绰判官》有关。"青山隐隐水迢迢，秋尽江南草未凋。二十四桥明月夜，玉人何处教吹箫。"后代人开始演绎"二十四桥"，一说是一座桥的名字，这座桥就叫"二十四桥"；一说这里有二十四座桥，写科学笔记的沈括持此说。他在《补笔谈》中，从西到东列了二十四个桥名。我觉得两者都很好笑。我认为"二十四"与"九""三"一样，都是指多数的虚数。"隐隐""迢迢""江南草""玉人"都不是确指某一个或某几个，都含多数的虚意；"明月夜"中的"二十四桥"也是如此，指这一带有很多的桥。当年杜牧交结的妓女很多，他说过"厌江南之寂寞，思扬州之欢娱"的话，在这一首七言绝句中，杜牧要写的，是扬州的色情气氛和自己怀旧的感情。诗人杜牧哪里像科学家沈括那样对数字斤斤计较呢。他写《阿房宫赋》，阿房宫"覆压三百余里，隔离天日""盘盘焉，囷囷焉，蜂房水涡，矗不知其几千万落。长桥卧波，未云何龙？复道行空，不霁何虹？"他能拘泥于具体吗？他能耐得住不想象不夸张吗？

想来杜牧是个很有意思的人。一边做官，一边作诗，多年后还有感想《遣怀》，"十年一觉扬州梦，赢得青楼薄幸名"。在扬州，十年情种，又自责自己对妓女感情不一。他是中唐宰相杜佑之孙，气派大，并不道貌岸然，他不怕别人笑！

又逛灵栖塔。此塔李白登过，留下诗篇。白居易和刘禹锡携手同攀，难得的佳话。没有缭绕香烟，没有晨钟暮鼓，没有激越梵音，却是我见过的最雄奇、最壮美的塔。

六月二十四日

到富春茶社吃早点。在温州的时候，诗人池凌云说到江苏不能不去扬州，到扬州不能不吃包子，扬州的包子是全世界最好吃的。《扬州晚报》的朋友说扬州最好吃的包子在富春茶社。我们乘出租车去这个地方，果然是个亮丽的所在。上楼，单子递过来，见密密麻麻包点名字，知道富春茶社牌子有多老，它创造了一个包点的世界。

我们不知道哪个名字意味着好吃，随意点了几份，端上来已是满桌的茶点。精致精巧精美，那是冒热气的可食的艺术品啊，不像我们的油蛋油条油饼马蹄松。我每一样都尝，一会儿，肚子鼓胀不舒服。我担心胆囊会出毛病，因为孩子时常常乱吃多吃，得了胆囊炎，长大好多了，但似乎病灶还在。果然，到了晚上，胆区隐隐发痛了。

一算账，六人吃了二百四十元钱。贵！这在山东可以宴会两次了。但人家的东西精致精巧精美啊，人家是"艺术品"啊，人家是扬州的富春茶社的包子啊，就贵。比如东来顺的涮羊肉，比如全聚德的烤鸭，不一样就是不一样。可见"品牌"两字是多么重要。温州就缺这样的品牌。

到史公祠去。出租车司机说清军破城时见人就杀，"扬州十日"，活着的仅仅姓张姓王两户人家，他们带足番薯，躲在芦苇荡里，才得以活命。司机说史可法殉城"陪"了那么多人，对史可法究竟如何评价，非常难说。出租司机能有如此见解，乃民间高人也。

我在史公祠走了一圈。第一看见史可法的字非常漂亮，有个性，见风骨。第二觉得史可法人格有崇高处，他一妻一妾没有生子，妻妾求他再纳个小的，他说："王事方殷，敢为儿女计乎？"那个年代，说这样的话，说明是真心的大公无私了。最重要的，他作为军人将帅，鞠躬尽瘁，尽到了完全的责任，气数已尽，凛然拿一个"死"字结束！他的人格简直是左光斗人格的翻版和延续。——当"左公下厂狱""炮烙""且死"，史"持五十金，涕泣谋于禁卒"，打扮探监。"公辨其声而目不可开，乃奋臂以指眦；目光如炬，怒曰：'庸奴，此何地也？而汝来前！国家之事，糜烂至此。老夫已矣，汝复轻身而昧大义，天下事谁可支拄者！不速去，无俟奸人构陷，吾今即扑杀汝！'因摸地上刑械，作投击势。"——人生在世，人格的塑造必定受到他人的影响，父母是起初的一个方面，长大了尊敬的人更是重要，左光斗便是史可法的楷模。第三觉得史可法不过是个朱明王朝的奴才罢了。他只有朝廷观念而没有人民观念，使他忠心耿耿肝脑涂地的是皇上而不是别人。明王朝腐朽，生灵涂炭，史可法镇压起义的农民是不遗余力的、残酷的。明王朝分崩离析，愚蠢的"南明"抱头鼠窜，清兵压境，史可法求援遭拒，选择死路一条。遗书中透露给亲人"人心已去，收拾不来"，自责"受今上厚恩，不能保疆土"，便"一死以报朝廷"，还说"今以死殉城，不足赎罪"。便出现血淹城池的"扬州十日"。还值得一提的是，遗书中他劝妻子"随我去""早早决断"；他殉朝廷，妻子要殉他。呜呼！

在纪念馆中待了足足一小时，参观者就我们六人而已。

到扬州是非走私家园林看看不可的。何园、红园、徐园、西园……我认为虽然扬州园林多，但都在一个地方，风格上不会有太大的不同，选择一个看看即可。便走了"个园"。这个"个"字很好，因了园内绰绰的竹影。袁枚说："月映竹成千个字"个园多竹。个园的主人曾是清嘉庆时两淮盐总黄至筠，后个园变为马曰琯、马曰璐兄弟的别墅。二马经营盐业，雅好书画，藏书十余万卷。可贵在并非将典籍深藏秘阁，有学问的人可以查阅，使书尽其用。全祖望曾长期寓此读书作文。可见二马并非附庸风雅的吝啬的商人。

为什么扬州有那么多园林呢？一是扬州盐商资本雄厚，二是乾隆皇帝常常到扬州来。到扬州来堂皇的理由是视察河工，但主要的还是游玩。皇帝住在哪儿呢？国宾馆是没有的，盐商们便争相修筑园林，吸引皇上驾临。皇上住在谁家，盐税不用说全免，还能转换为政治和商务的资本。乾隆六次南巡，扬州的园林还能不美之又美？最后乾隆说："扬州盐商……拥有厚资，其居室园囿，无不华丽崇焕。"乾隆住着舒服，盐商被乾隆一住更加舒服。

　　一天多时间，大致领略了扬州。我觉得整个扬州就是许多小园林组合的一个大园林。精巧的，当然是宜人的。但扬州园林是绞尽脑汁的结果，人工斧迹过重。相比之下，我更喜欢自然的，喜欢"大漠孤烟直"，喜欢"横看成岭侧成峰"，喜欢"野渡无人舟自横"。

　　下午四时抵达南京。车中瞿炜和《扬子晚报》的文化部主任鲁野联系，要求帮助安排合适的住处。鲁野寡言少语，语气不卑不亢。我等驱车前往，鲁野等着，原来在温州我俩同桌吃过饭。这是个白皙微胖而又高大的人，端方而又持重。他领我们一一参观了他们明亮的办公室后，说："你们住夫子庙大酒店，三星级，打了对折，一百五十元。现在先吃饭，订好的。"他微笑着慢吞吞地领我们下电梯，进对面酒店一个豪华包厢。一顿美食。席间，他说："住夫子庙大酒店，今晚好游夫子庙和秦淮河。明天，接送车已准备好。还有什么事，只管说。"瞿炜急忙说："谢谢，谢谢，没有了，没有了！"

　　晚上，夫子庙没有进。夫子庙大街人多如蚁，犹如温州五马街，也就是北京的王府井、上海的南京路。走到底，便是秦淮河。我钟情这个地方，不仅因为朱自清、俞平伯华美造作的散文，名妓李香君等，主要的，是我最喜欢的一本古书《世说新语》，里头许多人物在这一带活动。他们潇洒至极。

秦淮河泊着许多客船，我们却只能被指定走进一只里去。一个风韵难存的半老徐娘靠船剪脚毫无表情地讲解秦淮河，像是一个人对着石头自言自语，她背书一样的话如同微臭的秦淮河水，叫人厌烦得不行。十来分钟，掉头，完了。六人一共被收六十元。

已觉疲倦，快快睡下。

六月二十五日

先去中山陵看看。这地方规模浩大、气象恢宏。孙中山当年站在现在中山陵的位置，山川城市，日月风云，尽收眼底，便笑对左右说："待我辞世后，愿向国民乞此一抔土，以安置躯壳尔。"北京弥留又嘱：愿如我友人列宁那样保存遗体，且愿葬于

○ 扬州史公祠

◎中山陵

南京。他看准这个好地方，能不葬下？孙中山业绩无与伦比，但中山陵所占土地也太奢侈了。

我一直拾级终端，墓室状如警钟，顶似覆釜。我见到石头雕的孙中山像，不知道肉体的孙中山躺在哪里。据说老蒋逃离前想把它迁往台湾，后因爆破墓穴艰难，易损遗体，为工程界爱国人士所劝阻。老蒋运不走，人还能见得到？我们下去。

忽想许世友生前在南京一直住在中山陵8号。8号在哪里？无从知道。这是个传奇人物，今天还不能说清。暴烈、刚直、任性、忠诚，有许多有趣的故事。说患肝癌仍然饮酒，茅台藏在厕所里。他有名言：冷酒伤胃，热酒伤肝，无酒伤心。

明孝陵气势雄伟，布局宏广。开始朱元璋自己亲自参与，历时三十二年。建筑分地下和地面两部分，地面部分许多毁于太平天国时期，地下的我们又看不到。年代已久，有些荒凉，有些凄清，有些阴森。又是雨天，在这个空阔的地方，心情不怎么舒服。朱元璋生前，滥施淫威，杀人无数。死后以四十六名妃嫔、十二名宫女殉葬，先让她们哭得死去活来，然后一个一个把她们吊死！想及我们温州的刘基，身怀异才，受邀辅助朱元璋剪灭群雄。每当朱处境险恶，刘献计献策，使之化险为夷、否极泰来。定都南京后，制定法律，"以止滥杀"，安定了民心；政治上主张"宽仁养民"，使明初政治稳定、生产发展。但他"性刚嫉恶，与物多忤"，不仅得罪了胡惟庸，朱元璋看他也不舒服，因而，后人怀疑朱元璋亦有毒死刘基之嫌。

遥想朱元璋及其四子朱棣的夺国，以及宫廷猜忌倾轧，金戈铁马，刀光剑影，兵士变成马蹄之下的野草，百姓和无辜之人化为沟壑河边的泡沫，许多智慧之人同样落得杜鹃啼血的下场。我在近陵草地徘徊，脚下有没有屈死的男女的阴魂？朝廷，是多么可怕的地方！

一个老者左摇右晃着走来。这样说，是因他弓着背、腿脚不灵便，以致屁股将要游离的缘故。老者定定地望着那堵高大的陵墙，丝毫没有表情。他是哪里人？是不是单纯的旅游？艰难地来到这里凭的是什么意志？是否有考古或研究的目的？明灭后，朱姓皇亲变更姓氏，如鼠逃逸，他是不是流淌着朱家血脉的朝觐者？

从明孝陵撤出，瞥见神道，无下车之意。

无梁殿。这是明代极其独特的建筑，砖石拱券结构，自基至顶，不施寸木。日月轮回，灵谷寺所有主要建筑毁于战火，唯无梁殿凭一身砖石独存。

雨花台，多大一个园林！

◎ 中山陵

下午逛总统府，懒洋洋的，我委实累了。洪秀全也罢，蒋介石也罢，我对政权害怕，感情上不通融。接着逛李香君故居，嗨，我又精神一些了。李香君是明末歌伎，在南京蜚声，可见是个"高妓"。李香君肯定是有名堂的，天生丽质，温文高贵有涵养，琴棋书画都懂，所以官人名人会趋之若鹜。故居天井里一尊雕像，看上去气质不像。我摸上楼去，楼上三个房间，李香君的卧室离楼梯最远，第一见到的是休息室，第二是琴房，这个格局相信是当年的格局，给人感觉非常舒适。

几个女游伴偷偷坐到李香君的床上，笑眯眯的，瞿炜给她们拍照。从观念上，她们接受了这个妓女，不仅是李香君没有同她们争过醋，无利害冲突，而是今天的李香君已是"名人"了，《桃花扇》中孔尚任又把她写得那么好。——文人笔下的妓女和政治家嘴上的妓女是不一样的。杜十娘怒沉百宝箱，李香君也要情人侯方域爱重名节。

◎ 雨花台

　　李香君故居斜对面，便是王谢故居。王是王导，谢是谢安，都是东晋政治家。这房子里头结构别致，后来谢安住的便是从前老丞相王导的房子。读《世说新语》，觉得王、谢都是亲切的人，我尊爱他们。试看有关王导一段，大意翻译如下：

　　"丞相晚年时，完全不再管理政务，只是对付着公文上画画圈儿。他自己叹道：'人们都说我糊糊涂涂，后人恐怕会怀念我这糊糊涂涂。'"

　　再看谢安一段：

　　"谢公那时候，兵士仆役逃亡，很多都跑到附近秦淮河南塘的船上。有人请求同时进行搜索，谢公不答应，说：'如不能容这些人，还凭什么作京都。'"

乌岩岭

乌岩岭这地方真好。

起初爬的山路，值不得吹嘘，是林人硬是砍劈木蔓荆藤，造出的一条迤逦羊肠。林深，不可远视；一些绿皮龟裂的大树，上百米放肆地长向青天白云深处。走走歇歇，在黑豆腐般的石凳上坐定，心想飞鸟在哪里，走兽在哪里？偶尔耳朵捕捉到一种怪音，似乎嘶鸣，赶紧极目四搜，可是"林深不知处"。

◎泰顺乌岩岭

鸟岩岭

正当体力不支，忽然走出了树林，众人齐地长吁一声，心脏舒展起来，好大一个白天哟！瞭望群峰苍苍莽莽，如笋如潮，朵朵白云揉撞峰巅。眼前，一条宽阔的护林带，裸露山脊地骨，白瀑布一般从山头——浙南最高的峰顶——急剧倾泻而下。怎么个陡峭，只能用"摩天"两字来形容。偏偏，白瀑布中间又搭石磴，引人至绝顶。那儿有建筑物，叫"白云瞭望台"——这是左眼看福建，右眼看浙江的地方。

去掉山草山皮的白瀑布，砌上去的石磴经雨打风吹，明显有些摇晃。陡极，石磴方方正正，这铁硬又方正又叠得耸峻的石磴使人胆战心惊。一位老兄长得石磴般方正，背心里边荡着胶冻般的横肉，见众人壮起胆要爬上去，他便踌躇了。他恳求大家紧紧把他夹在当中，好比层饼，众人答应了他。他又再三恳求大家不要开玩笑，众人也答应了他。可他还是举腿不定，众人一再催促，他便显出大无畏的气概，"四体投地"而上。

古人登泰山有"磨胸舁石扪天"的词句，今天才觉并未夸张。清风带走淋漓的汗水；白云荡涤滚烫的心胸。双腿疲软却不能转臀坐下；云雀在头顶急鸣，却不敢举目寻盼；清空寥廓，群峰幽远，谁还有心领赏？只觉身在冒险之中，全身紧张、激动和快活。

爬上白云瞭望台，众人齐打喷嚏。这是大自然的幽默。风无声，可是大极，却又不能弄清风向所在。我通体冰凉，手脚绵软。啊，这不是梗着脖子能久久驻足的地方！

我们从另一面硬是下去，手脚被荆棘一道道扯破。一片茅草地，茅草粗粗的人一般高，箭一般射向晴空，阳光洒在精精神神的茅草上很鲜亮很洁净的样子。一个箬笠般大小的鸟窠安闲地躺在茅草地上，三四个鸟蛋已经破壳。茅草地一片温馨，真使人懒洋洋依依不前。

不一会儿，众人惊喜地发现一条山涧。山涧离峰巅似乎也很近。很近很近可是泉水淙淙起来了——莫非我们来时白云紫雾已在这里驻足？双脚踏进水中，鲜亮的阳光便叫大树遮拦了。偶尔，几个铜钱般大的光斑从高远的枝头间漏向水中，水便闪闪发光，显得可贵极了。越往下，天越阴，林越深。每一个突出水流的仄石，黑乎乎的，像什么，又不像什么。水草多呈红色。覆盖在流水仄石边的，全是树叶。拨开一层焦黄的，下边便是紫灰，往下的树叶腐化墨黑。没有泥土，腐化深厚的树叶就是泥土。泥土有腿根深吧，众人常常拼命拔大腿，以致有人失掉双鞋，有时人简直像是在树叶上游泳一般。

涧道左右的树叶繁密，多婀娜颀长，犹如长蛇竖顶，犹如炊烟冒地，袅袅扶摇。说是森林，怎么难见多人合抱、遮天蔽日的古树？涧边长年云苦雾罩，气湿风暖，藤萝恣肆疯长，碗口般粗，桅杆般壮，像蛟龙，像巨蟒，爬缘绞缠，把岩石树木箍束得透不过气来。爬延多长？人不可能找出哪是根，哪是梢！知道它是飞蛇走线，编织着苍莽森林就是了。

啊，我见到一朵赫然灼然的茶花！这是涧边空阔的地方，大花使人心旌摇荡。这难道不是乔树？绿荫如盖，丈把高蓬蓬勃勃，一棵罕见的繁茂的大茶花树，翠绿欲滴！可这样一棵大树就生这么一盏大花，斗笠一般，鲜鲜亮亮，光辉荡漾得灿烂。这是森林的眼睛，这是整个乌岩岭孕育的花的精灵！

咫尺间，流水声骤然消失，叫人发奇，原来身近悬崖。几人壮着胆子想要往下张望，屁股沾地，手揪藤草，心脏提到嗓子

◎乌岩岭

眼上。

　　惊心动魄。好不壮观的一挂白雪，一潭碧绿！瀑布上百米倾泻下去，飞珠溅玉，烟雾朦胧。可是没有声响。没有声响是瀑布决心不向世人炫耀，在这无人问津的幽险地方散发紫气、滋润周遭。那泓潭水这才那么静敛的安详。

　　我的全身湿漉漉起来。我同众人倒退回来坐在那朵赫然灼然的茶花之下。众人哑然。一动不动。古书中有点穴的，经点穴便木然石然，众人想是被自然这位点穴师点着了。流水是哗哗的，可这时已凝固了，没了那种音乐的鸣奏了。乌岩岭确有狮子，有珍奇的飞鸟，有绝稀的树草，杜鹃花据说乔木一般……可众人想不到这些。虚情，刁钻，觊觎，争斗，连同七情六欲在此都不存在，就是崇高、大义在此也成乌有。恍惚间，只见宇宙众神谛听着我毛茸茸的心脏在搏动；我的心脏似乎独立于我的躯体，鲜红地悬挂于苍翠的空中搏动！

我们原路爬回，又经白云瞭望台、白瀑布似的石磴。昏昏欲睡，吃几片鲜花下肚才精神一些。到了住地，已是暮色四合。

◎乌岩岭

他山四色

文明的阳光普照我们吧

我同学的孩子，出生在法国，去年七岁了，父母带回见祖辈。一路走来，他有发现，说："中国人不会笑的。"同学说给我听，我大吃一惊。这话很直观，很形象，概括力也很强。他有对比，他说他的感受，你没法辩驳这纯净天真的孩子。

今年9月，我领了登机牌，到加拿大。在候机厅，座位边忽见一张同一航班的登机牌，是一个外国人遗失在这里的。我叫住一位袅袅娜娜的、高跟鞋脆响的机场人员，让她想办法告诉失主。她没有停下脚步，说："我不管这事。"我只好到了安检处，安检处看看登机牌，说："快登机的时候，你拿到登机口，给机场工作人员。"快登机的时候，我拿给了机场工作人员。他毫无表情，眼光落在桌面上，说："放在这里吧。"——2000年，我从法国戴高乐机场回国，我不懂外语，而几个同行者和翻译在云天雾地、六亲不认地购物。我觉得时间应当差不多了，向工作人员亮出了登机牌。想不到这女人惊喜万分，立即用对讲机说着什么，又招呼我们快走，她一边跑着，一边扭头微笑看着我们，我们都是她的宝贝疙瘩。我至今忘不了她那美丽的跑步的姿态和她高跟鞋美丽的脆响。——已经关闭的机舱又打了开来。

那次旅行中，从摩纳哥到法国巴黎，我们坐的是火车。一百多人的舱室里静悄悄的，外国人说话总是喜欢咬耳朵，有男子对着一只斑点狗亲吻。我们几人对面坐着，大声说话是不行的，闲来无事，便打起扑克来。渐渐地，我们的尾巴便露出来了，说话声响起来了。半个多小时过去了。终于，有个女人悄悄地走到我们身边，满脸笑容，有些可怜地跟我说话。我一小惊，防备之心提到嗓子眼，问翻译，怎么回事。翻译说："她请我们说话轻一点。"哦，原来只是如此。

今年在加拿大，班芙小镇。小镇没有城管，可是干净得很。老人遛狗，戴着手套，提着袋子，生怕狗大便了不好。阳光很好，我们的女伴逛店去了，我和朋友靠在街边木椅子上晒太阳，闲看外国的男男女女。边上有两位上了年纪的男人在聊天。一位站了起来，要我朋友的照相机，我朋友正在喝矿泉水，防备地一惊，看看老人满脸善意的笑容，就给了他。原来他要为我俩拍照。正当让我们看他拍得怎么样时，我朋友呛了咳嗽了两声，老人便帮忙拍我朋友的背部。很是个可爱的老头。

那天晚上，我和朋友在城里找啤酒。加拿大卖酒有专卖店，不像有的国家孩子都可以买，在他们国家十八周岁才可以喝酒。我们不懂英语，穿行一条长长的街道，不见酒庄，傻在那里。一位老头见我们遇到困难了，便走过来说些什么，我知道他是想帮我们两个外国人解决困难。我们却不好意思启齿。我们对视了一下，朋友还是说"啤儿"。老头笑起来，比画着意思是就在那边，他领我们走。其实也不远，一个专卖店自动门打开，老头指着里

◎ 加拿大，班芙小镇

间说"啤儿，啤儿"，果然里间自动门又打开，啤酒所在是冷藏室。买了啤酒，我们赶紧对老头说："三Q，三Q。（谢谢，谢谢）"

在加拿大渥太华国会山。导游指着周边几个地方，介绍说加拿大国家机构都在这里了。还说国家有些会议，老百姓可以蹽进去旁听。我有了兴趣，拿出相机便要拍下来。是在一条路上，我退了一步，想不到踩到了后面一个小伙子。更想不到，小伙子说："梭瑞（对不起）。"真是羞死我了，我赶忙说："梭瑞，梭瑞。"

我游走过的北美、欧洲和澳洲国家，给我一个深刻的记忆，那就是不查房。你上午出门把门卡一递就行了，门卡忘了递，带走也没关系。他们完全信任你，而不是提防你。他们不会担心你在床头吸烟烫了被子，或者故意弄坏热水壶，或者把电视机装在袋子里提走，或者把雪白的床单拿来擦黑皮鞋……不会担心的原因非常非常简单，因为你是"人"。

争夺一派美丽风光

我向来厌烦阿拉伯数字，从渥太华到翠湖山庄是多少公里我早忘了，只记得好像是两个多小时的车程，其中包括三十来人排队上一个坑位的厕所。可是，这两个多小时的车程在我的旅游经历中是最最美丽的。类似的风光是中国的喀纳斯湖到禾木村。两地纬度和气温差不多，多红叶和黄叶。中国有一好处，就是偶尔能见到雪线。加拿大的可不一样，视线广远，车窗两边都是好风景，无时无刻不是好风景。绿草，多彩的田塍，野湖，村舍，奶牛，群群飞鸟，柔和的起伏的山丘，不离眼帘的红枫和黄叶，真正的蓝天，舒展着朵朵白云……有人"啧啧啧啧"称羡，有人直呼"美死了美死了"。

目的地翠湖山庄当然漂亮，景象非凡，但比起一路画廊来，不足挂齿了。所以，过程极其重要，好比恋爱，好比追求美好事物。当然喽，我们旅游，过程就是目的呀，目的地也是过程之一呀。

前一天近晚，导游说："我建议，翠湖山庄不要去了。它是北美东部最大的滑雪场，但现在是秋天，没有雪。没有雪就没有意思。而且路又远，来回要八个小时……"导游是加籍山东人，有水平，也幽默，一脸让人信任的恬静。多数游客说好，翠湖山庄就不去了。我坚持要走，我说"照合同来"。合同附件上写着"秀丽的湖光山色，一年四季均适宜前往度假"，怎么能说取消就取消呢。导游只好说："明天早晨清醒了，再说吧。"晚饭后，我受到的压力很大。次日"清醒了"，导游撺掇领队先说话，做工作，自己后说话，给人不取消也得取消的力量。我还是坚持去翠湖山庄，只说导游可以将游客分开走，各得其所。这下导游没辙了。

导游一路无语。到了翠湖山庄，总得说话了，他红着脸，说："我不带你们到翠湖山庄，是因为这是我的伤心地，我的一只脚在这里滑雪时崴了。"后来领队告诉我，他其实要带大家去买海豹油，还有蜂胶。

导游是十多年前到的加拿大。除了游艇，什么都有了，包括一支可以打熊的枪和两个儿子。他为能够成为加拿大公民而感到自豪，这个我没话好说；但为了巴结中国旅客，时不时称北美人和西欧人为"鬼子"，这是别有用心。其实外国人很有爱心，我

157

在许多地方都能感觉到他们的文明。我们在浦东机场已经上交每人 84 加币的导游小费，在多伦多，导游说，下船上塔观尼亚加拉瀑布好得很，我们听话，每人交了 150 加币。紧接着，他带我们走一条乡间公路，他说 1945 年，美、英、苏三国首脑罗斯福、丘吉尔、斯大林在此地举行会议，为的是安排"二战"后事。我心想，那是雅尔塔会议，在苏联境内啊。我不予改正，人家忽悠正起劲呢，我不能煞人风景啊。忽然，车子进入一个冰酒店。这是行程上没有的，而导游悄悄地，把行程上有的"参观英式风情的湖边小镇"拿掉了。

从渥太华到翠湖山庄，百里画廊。绿草，多彩的田塍，野湖，村舍，奶牛，群群飞鸟，柔和的起伏的山丘，不离眼帘的红枫和黄叶，真正的蓝天，舒展着朵朵白云。我真的很想中国的社会景象，能展现出这样的百里画廊。社会能有这样的百里画廊，跟着杜甫的话说，我就是死了也心甘情愿！

"没有农药的"雷克萨斯

在中国，旅行社就说，斯里兰卡的导游中文名叫雷克萨斯，金牌级，沟通是一点问题都没有的。旅行社的话姑且听之，而抵达斯国后导游竟没有在大厅里等候，倒是我们的"团长"叶克锡找到了他。次日接团时间到了，他又没来。后来是司机拉着我们找到了他家。他在门口从容和妻儿告别，举起高高的手和我们打招呼，像是伟人接见我们似的。他慢条斯理地说上午车被人撞了，是别人撞了他。他的眼睛很有精神，而他的身子一点精神都没有。他像一只巨大的黑企鹅，走路慢慢地，举手投足慢慢地，说话慢慢地，坐在那里吃饭好像什么都没吃下。

他的身高大约 1.9 米，斯里兰卡这样高的人很少，他们的肤色介于黄种人和黑人之间，卷发，手毛很长，给人不不净的感觉。他的牙齿很白。原来以为黑人牙齿之所以白，缘于肤色的对比，盯着看雷克萨斯的牙齿，其实是真正的白，一颗一颗都好，玉珠一般。这是一个高鼻子的、眉清目秀的男子，一天下来就知道他是个有修养的男子。比如，按照合同，我们每人要给他 30 美元的有小费，因为迟到，团长故意把小费推迟几天给。雷克萨斯当然知道小费，他一直笑眯眯的。他尽量多给客人看值得看的风景，给客人吃很好吃的西餐，住睡得好的客房。杧果园里的客房，海边的客房都给人留下深刻的印象。他说："你们每个人回去都要重两斤。相信不相信?"我们说相信。他就满意，露出美丽的白牙，说："相信就好。"他当然知道中国普遍使用农药，他有一句口头禅，"没有农药的"。每介绍斯里兰卡的一种食物，他总说"没有农药的"。红茶"没有农药的"，杧果"没有农药的"，椰子"没有农药的"，海鲫鱼"没有农药的"……甚至介绍好的事物，都说"没有农药的"。碧蓝的印度洋，适宜看也适宜游泳，"没有农药的"……

雷克萨斯的父亲曾是班达拉奈克夫人执政时期的外交家，懂中文，他对中国非常有感情。他卸职后让儿子到北京大学学习。他说中国好，中文一定有用。而雷克萨斯三岁时，曾被周恩来抱过。雷克萨斯与中国就是有缘分。雷克萨斯在北京大学学习将近一年，恋爱了，对象是台湾彰化的姑娘。她的母亲不同意女儿嫁到斯里兰卡去，姑娘带着雷克萨斯到了彰化，雷克萨斯的英

○ 翠湖山庄

俊和儒雅征服了姑娘的母亲,雷克萨斯被留着不放了。他便在台湾继续读书。一年后,雷克萨斯回家探望父母,而姑娘也到美国旅游。灾难来临了,发生了车祸,姑娘死了。雷克萨斯至今还想念着那位姑娘。他现在的妻子是斯里兰卡科伦坡大学的教员,温文尔雅,她为他生了两个男孩。她知道他深爱台湾姑娘,闲来说道,你还可以再娶一个中国姑娘。斯里兰卡的法律是允许多娶的。雷克萨斯说:"人欲望大是不行的,再娶更是不行的,人要忠诚,不能让别人难过。"每每说到自己的家庭,雷克萨斯便满脸笑容。我们启程回国的那天晚上,他手里拎着一个蛋糕,看着我们吃饭。我们说:"雷克萨斯,坐下来吃啊。"他说今天小儿子过生日,家里人都等他吃饭,他再晚也要回家吃饭。我们到了机场,雷克萨斯为我们办理了通关手续,远看我们个个安检了进去,他才回家。时间已是九点钟了。

雷克萨斯笃信佛教。他的手腕处扎着白麻绳,这是虔诚的佛教徒的标志。他不杀生,不吃猪肉牛肉羊肉。前往佛迹圣地丹布拉的途中,遇见了一位僧人,他便停车把僧人请上来坐在副驾驶。后来他说这位僧人伟大,斯里兰卡发生海啸后,他收养了三百多个孤儿。而三百多个孤儿的书本和笔都是雷克萨斯给买的。雷克萨斯说:"海啸发生时,我正在海边一个高山上,海浪排山席卷过来,什么都被吞噬了。"雷克萨斯认为发生海啸是有原因的,那就是"我们人类做得不好,上天惩罚我们了,警告我们来了"。说到具体的人,雷克萨斯说:"上天不看你权力有多大,金钱有多少,就看你做人做得怎么样。"我们车内除了他和司机,还有一个行李员,是他自己出钱雇的,解决小伙子的生活问题,同时让游客也轻松一些。第一天出科伦坡,他数一点钱叫行李员下车塞到路边一个功德箱里，意为保佑大家出行平安。送我们到机场，他也这样，是祝愿我们一路顺风。按照旅行社的安排，他拉我们到赌场，但只给我们五分钟时间。第六天，我们住在海滨度假村，那里离科伦坡很近，傍晚吃饭，不见了雷克萨斯，他肯定是回家了。次日问了雷克萨斯，他果然回家了。

雷克萨斯带领我们走一条高速公路，是海滨度假村到荷兰城堡的路上。这是斯里兰卡目前唯一一条高速公路。雷克萨斯兴奋地告诉我们，这是中国援建的高速公路。他还向我们介绍了中国援建的很多已经竣工的工程。后来在科伦坡，在车中，他指着国家剧院，说："这也是中国政府援建的。"一会儿，他又指着纪念班达拉奈克国际会议大厦，说："这也是中国政府援建的。"是的，我知道，我们对外援助太多太多，比如对朝鲜，比如对阿尔巴尼亚，比如对非洲，比如对东南亚，我不想也不敢对这些援助进行评价，看到雷克萨斯，这个受援国的人士友好而感激的神情，我感动了。

谢谢你，雷克萨斯。

咆哮在美国和加拿大中间

比起人文景观，我更喜爱自然，因为愉悦，也因为不用脑子。譬如这赤裸的瀑布。瀑布之于我们温州，那是相当的多，应该说每个县每个区都有，有的是一串一串的瀑布，或曰"三折"，或曰"七漈"。文成的铜铃山是这样，永嘉的龙湾潭也是这样。最有名声最有面子的是雁荡山的大小龙湫。瀑布的形成，说穿了就是水流之处遇落差，水流越丰沛落差越巨大，瀑布越好看。贵州黄果树瀑布就好看。有的河流是国界，又有瀑布，便为两国人民所共享，如中越之间的德天瀑布、巴西和阿根廷之间的伊瓜苏瀑布、赞比亚和津巴布韦之间的维多利亚瀑布。尼亚加拉瀑布也是这样，它在美国和加拿大之间。

我观尼亚加拉瀑布，微微有些失望。并不是它场面不壮观，而是没有想象得那么好，原因多半是观者回来的过度盛赞，以及纸媒上大惊小怪的渲染。这种"过度"，生成我想象的错觉。但尼亚加拉河还是壮观的，它既深又阔，它太饱满了，河水奔腾着、咆哮着扑来。将到断崖处，它又狂野地分岔，一支在美国下跌。极大的流量，两股厚大的瀑布，一秒不停地摔下炸开，"訇訇訇訇訇訇訇訇……"，卷起千堆雪，笼上十里雾。这雾气十分夺目，可用宏伟和浩瀚来形容，这是我见过的其他瀑布所没有的。风和日丽，我们穿起雨衣，我们的船往雾气里迈进。我知道，这是玩刺激的游戏。先在雾中，继而在雨中，最后在大气旋的风中。不穿雨衣湿身，穿上雨衣也湿身。但是无人不兴奋，许多人在尖叫。儿时，把一只小狗抛起又接住，抛起又接住，小狗知道安全，跳、咬我的裤脚，还想要我把它抛起来。人和动物许多地方没有区别。

观尼亚加拉瀑布，还得在加拿大，在美国往脚下没法看，看不出大，也看不出好来，虽

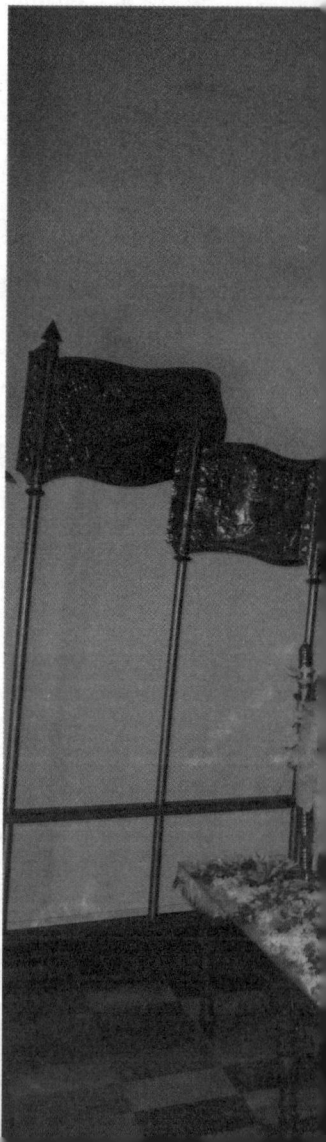

然瀑布四分之三属于美国。是的，美国人看瀑布，也要到加拿大这一边来。是你的往往并不真的就是你的，不是你的偏偏名无实归。世界真奇妙，许多人啊、物啊、事啊，经常是这样。

不少年轻男女手挽着手观瀑。倘若是度蜜月，这就是赶时髦了。从前，法国皇帝拿破仑的弟弟带着他的新娘，从新奥尔良搭乘马车来此度蜜月，回到欧洲后在皇族中大肆宣扬这里的美景，于是，欧洲兴起了到尼亚加拉度蜜月的风气，据说至今盛行。以

◎ 导游雷克萨斯

◎ 印度洋边的婚礼

此来见证自己的爱情和婚姻。足见瀑布的魅力的确不错。

而有人沾沾自喜，说自己到过美国了。因为尼亚加拉河是加美两国所共有的，主航道中心线为两国边界。我们的船就当然迈进了美国的水域。而东边彩虹桥也为两国所共有，两国人民可以自由来往。不单彩虹桥不设防，加美之间几千里边防线也是不设防的，加拿大人到美国，美国人到加拿大，像是走亲戚，不需要任何防备，不存在偷渡的问题。这不是极其有意思的事吗？为什么我们有人沾沾自喜呢，说自己到过美国了呢？耐人寻味。

1812年，也就是美国独立战争25年后，美国和加拿大（时属英国）为争夺瀑布，发生了激烈的战争，后来的结果是常人所想的那样，共有。那时，美国并不强大。现在我忽想，今天的美国，完全可以独吞尼亚加拉瀑布，并且占领整个加拿大了。不是说美国发动战争就是为了资源吗？加拿大土地比中国还大，地下原油的储量仅次于沙特，排世界第二位，而且各种矿产十分丰富，很多地方都没有被勘探过。资料显示，加拿大的淡水资源、森林资源、野生动物资源，极其丰富。且加拿大的军事力量跟美国没法比，美国只需出动装甲部队就能把加拿大给占了。而且如果要让加拿大人当亡国奴，语言和文化又相通，管理起来很方便。加拿大连原子弹都没有，连吓唬美国人的筹码都找不出来一个。脑袋清醒的明眼人知道，我这是不可想象的想象。原因很简单，加拿大不会把科威特变为自己的第十七个省，加拿大不会制造"9·11"，加拿大政府也不会像卡扎菲一样残酷镇压本国人民……美国不会出兵加拿大。

"訇訇訇訇訇訇訇訇……"上得岸来，瀑布声仍然响亮。而逝者如斯，尼亚加拉河的洪流滚滚向前，奔腾着，咆哮着，永远不复回。

西天十日

5月3日

　　凌晨 12 时，浦东起飞，12 小时后降落巴黎，巴黎才 3 日上午 6 时。前回的"协和"坠毁，就是在这个戴高乐机场。9 时转机起飞，抵达罗马 10 时许，此时温州是下午 4 点。4 点时公务员正往墙上看钟，猜着 ××× 请吃的意图；女人正逛街，想买紧身衣，穿起来肌肉结实，恍如少女时代，但价格惊人，要 8000 元。她不好要人一定留着，但一定要想个法子买下它。

　　看来地球确实是圆的，这样，许多迷信是要击破的。天堂在哪里？地狱在哪里？但大众仍信，这也很好。

　　罗马机场地接导游，女，脸色灰黑，双眼豆黄。见到我们，略作微笑。我们六人进一辆面包车，司机礼貌周到，称欢迎我等。导游拍了半天麦克风，刚发话，抽鼻子四声。说自己是湖北人，姓王，你叫她王导也可以，你叫她小王也可以。在意大利由她全程陪同。又抽四声鼻子，抽得人额头起疙瘩。为什么要抽鼻子呢？能不能不抽呢？一定要抽的话可不可以离麦克风远些呢？这个问题提出来，便是我们不礼貌，但如此坚持着抽鼻子便是她不礼貌。

王导说不进旅馆，路中先游罗马斗兽场、凯旋门。

斗兽场早见过，似乎在某本教科书上。这回亲眼目睹，并无激动。斗兽场是公元前72年皇帝下令建造的，一连好几个世纪都是野兽动物与角斗士们表演的场所。野兽动物是大象、狮子、河马之类，他们在这里比赛并死在这里，只是为了满足皇帝和大臣以及一些子民一时龌龊的快乐。

斗兽场呈椭圆形，长直径188米，高48米，周围有80个入口，能容纳5500位观众。那么大的"剧场"，皇帝与民同乐，显出皇帝的荣耀。皇帝坐在二层大理石座位上，周边欢声雷动，又见地下人的血和兽的血流淌，刺激是够刺激的。

我问王导斯巴达克是否在此起义，答"是的"。我有疑虑，回国一查，起义早于建造斗兽场一年。起义了罗马皇帝还要造这个剧场，多少有些奇怪。

罗马凯旋门，是欧洲众多凯旋门中的一个，但最早，它叫塞

© 尼亚加拉瀑布

蒂米奥·塞维罗凯旋门。

中餐在北京大酒店。北京大酒店，这名称起得大，其实才 40 平方米。后几天所见，都这样取名，香港大酒店，上海大酒店，等等。而北京大酒店老板员工所有人都是我们温州人，说地道的温州话，我老乡见老乡的，他们倒是见怪不怪。罗马温州人实在多得出毛病了。

菜是四菜一汤，像麻将中的五饼。红烧猪肉，红烧牛肉，红烧鳜鱼，红烧菠菜，紫菜蛋汤，我都喜欢，满头大汗。只是无酒是不成的，不喝酒等于没吃饭，遂掏腰包，12000 里拉买 2 瓶啤酒，六人谦让着喝。

进入梵蒂冈教堂，算是到了另一个国度。梵蒂冈教堂，人文意义大，建筑、色彩、那种恢宏和大气，那种精细、精微和精妙，登峰造极。连历代教皇死了，也都用金密封，搁在边上给人看。我的心被这个教堂震撼了一下，算是出国"大得"之一。

晚饭表妹请吃，好色的阿拉伯店员拿身体挡表妹。玩笑开得不是时候，表妹用温州话责备："这会死呗！"店员笑着闪开了。

表妹说，在意大利，移民最多的是中国人，温州人。

5月4日

昨夜累极，浴后即死睡，在国内所没有，早晨起来细看房间，名曰四星饭店，其实连国内三星都不及。床狭，够一个人睡而已。木工活糙极，门、桌椅榫臼都不得合缝，盖非鲁班后代也。

西欧的早餐倒不错，几种面包糕点，煎鱼煎肉，香肠、蘑菇和玉米糕，几种调浆，沙拉、牛奶和橘子水、咖啡和茶；水果就多了，苹果、香蕉、橙子、猕猴桃……国人的早餐马马虎虎，温州人一碗稀粥足矣，上海人一个面包足矣。而午餐晚餐国人的名堂就多了，精细、精致、精美几近梵蒂冈教堂。

8点半，抵达佛罗伦萨。佛罗伦萨又译菲林茨，徐志摩译作翡冷翠，真是"唯美"。它同雅典、耶路撒冷一样，它像一座文化灯塔在人类世界上熠熠发光。这种灿烂的文化同它近海、丘陵环绕、河道贯穿、气候宜人不无关系，而据说佛罗伦萨的每个政权都密切保护艺术和政治思想上的思考，宗教先知精神、语文和诗词的产生，而且更注重艺术上的巨大表现。因此才出现了但丁、薄伽丘、达·芬奇、米开朗琪罗、拉斐尔的足迹，才有人类历史上的文艺复兴。

在一个一个教堂转悠，应接不暇，所见略同，都是杰出的地方、伟大的地方。而我对伟大的东西总是敬而远之，刚进去，便想出来，尽管教堂中有上述某位大师的雕像作。我宁愿看外国人、看黑如煤炭的人，看雪白如玉的人。唯独在但丁的故居是个例外，他家也有个私人教堂，但丁的尸体就埋在墙根边下，其时下着雨，下得我心潮起伏直想哭。大学时读了他的《炼狱》，但不全懂。

晚饭在山居吃西餐，夜雨潇潇，竹影婆娑，灯影绰绰，略有寒意。翡冷翠，这三字忽然从脑中跳出。真是个好地方，玻璃屋可俯瞰佛罗伦萨城，而隔了社会历史的喧嚣似的，这就是异国情调。温州城中松台山原有茶座，只是山太矮，人接踵，现在又收门票；雪山白莲寺边青竹扶疏，下面设竹椅竹桌品茗，夏日当空，竹椅荫凉有秋意，妙不可言，只是离火葬场太近，"人烟"

时有弥漫过来。

餐厅可容纳三十来人，我等被安排在一边，另一边五张桌已被预订，人未到。有五十多岁的一对男女在表演，男弹电子琴，女边唱边舞。男的眼镜架在鼻梁上，面无表情，盯着琴键双手操作，活像一个钟表匠，而绝不像艺术家；有时唱几声，"哞哞"如牛叫——这种人一辈子都仅停滞在技术阶段，就是步不入艺术宫殿。这种人没有天赋，妄自勤劳刻苦，毫无办法。相比之下，女的稍好，尽管徐娘已老，风韵不存，但歌声确能传达一种韵致、一种微妙。但她常常把话筒伸到我的嘴边来，要我参与。可能是意大利名歌，可我懂都不懂，怎么能唱！有一回还邀我跳舞，真是难为我了，我只能说"对不起"。确实是个人的不足之处。

一大群日本人过来，聒噪得很。白天有对着我们叫卖的黑人，"衫袖拉拉"，见我们不理，即改成"你好"；进入一个皮草行，我见是日本人开的，马上出来。实在厌恶这个阴暗的民族，"二战"时屠杀中国人是不争的事实，都死不认罪认错。这方面我敬佩德国的坦诚，更敬佩韩国的骨气。

西餐吃得不三不四，要了一条鱼，一人一片，说是鳟鱼，全无味，是冰冻数月的鱼。粉红色，怎么是鳟鱼呢？外国人吃鱼都吃冰冻死鱼，这也是文明吗？

5月5日

换来一个大巴。王导说今后三天都坐这个可坐60人的车子。这是新的德国奔驰大巴，前几天所乘中巴也是崭新的，都是旅游

◎ 佛罗伦萨教堂

公司租赁的。车是好车，司机是好司机，但始终不知旅游公司在哪里，经理在哪里。大巴的司机叫保罗，看上去已花甲，实际却在知命之年。客气，周到，按部就班。车上绝不抽烟、不言谈，在加油站加油，我们逛超市（外国加油站一般兼超市），或小便，保罗才在远处抽烟，或同导游说话。西欧的路全是高速路，保罗开一百码如同虫爬，小轿车从我们身边飞过。保罗说，大巴因为人多，出事了不得了，限速一百码。说着取出一个薄盘如音碟，24小时开车停车全用曲线标出。十天半月交给警察，犯规不犯规一目了然。光说法治是不够的，法律还要靠坚实的科技支撑。

我们却没有办法换掉王导。仍然黑着脸，不苟言笑，见番人都客气，身体骤然生动，对我们却不肯多说一句话，似乎异常厌倦，每说一句，其后总加一个"哦"字，口气像是"懂了吗"，

使人不好多问。鼻子仍是抽，对着麦克风抽个不停，抽得人心里发毛。还有三天，真是没有办法。

威尼斯到了。路中进来一个平胸的瘦女，操福建口音。王导与她客气几句，说她是威尼斯的地接，先带我们去参观威尼斯玻璃厂。宰同胞的时候到了，我用温州话警告各位，千万不要买什么玻璃，落个猪下场。瘦女带我们上船，钻进一岛。意大利男子已站在岸上迎接，引我们进一作坊。遂见一老工人表演制作玻璃瓶，一块软绵绵红球似的东西，取出炉膛，吹吹拉拉，终于成型，一个像鸡，一个像花瓶。这与年少时"糖人"吹鸡做鸭完全一样。

又引我们参观玻璃的商店，琳琅满目，有些确实好看。平胸瘦女不遗余力，翻译那男子的话，然后以同胞身份煽买。指着一个花瓶，说三万五千元人民币，倘在美国，需要一万美元，这里

之所以便宜，盖是产地。我只怕S兄经不起怂恿，他老是相信别人，一怂恿，就掏钱，幸好这一回挺住了。"带回家，破了就完了。"他说。工艺品和艺术品是两个概念，纵然是艺术品，艺术家活着，克隆多了，也不值钱。出去拍了几张风光照，H君跑来，直说有趣，说自己走错了路，又转进刚才男子那个玻璃店，见平胸瘦女在给男子按摩，两人亲热异常。

乘船去威尼斯本岛，王导不高兴了，眉心夹成川字，而平胸瘦女，再也没有见。

威尼斯当然是个好地方，朱自清对圣马克教堂一带描之甚详，而阿城更是津津乐道。无奈导游购物时间给得充裕，观光掐得紧，可怜游本岛只给一个小时，真叫人好不生气，线路不熟，语言不通，只得听凭假导游安排了。

一座悬河叹息桥，左边是市政，右边是监狱。从前监狱底层是水牢，一般关死囚；处决死囚，必经叹息桥，死囚驻足，云朵那么白，海水那么蓝，想见自己身首异处，必叹息一声。而左边右边人员也有挪动互换的，水牢中人忽然改坐市政厅，市政厅也有人被投入监狱，这是世界常事。

圣马克大广场满是鸟类，灰鸽成堆成阵。见一女童给鸽子喂食，镜头妙不可言。孩子和鸽子，人会想到人类初始的祥和，会想到宁静、平安和美好。谁会喜欢觊觎争斗，喜欢刀枪和鲜血、人类的互相残杀呢？这是美国的孩子，她的父母站在一边微笑。

晚饭在一小镇。看格局又是温州人开的店，一问，老板娘是温州人，老板则是台湾同胞。老板客气泡了茶，说去过温州两回。笑说最近一回在温州人民路吃海鲜，泻了肚子，打了一夜点滴。他的店名叫中华饭店。

5月6日

　　大巴走一天的路，目的地是尼斯。睡意时有光临，叫人满意。王导惜字如金，但还是指着一个地方，说美军的战机就在那撞断缆索，导致缆车坠毁，20多个意大利游客死亡。

　　她说那边有一个地方叫巴市，帕多瓦大学非常著名，但丁在那任教过，哥白尼、伽利略也在那任过教。名人太重要了，精英太重要了，没有名人的国度我想是可悲的。

　　她说那里叫维琴察，北约空军基地，轰炸科索沃的飞机从这里起飞。我想美军很重要，假使没有它，起码科威特国已是伊拉克的一个省了。它对别国干涉，不是没有合理的地方。

　　她说那里叫维多拉，罗密欧与朱丽叶的家乡，郎平就在那里教球。说是莎翁戏剧人物的家乡，叫人发笑；说到郎平，一切杰出运动员的品质，她都具备了，比如意志、素质、品格。中国很少有这样的运动员。

　　啊，阿尔卑斯山，久仰！终年积雪，像一柄银镰，关联法瑞德意奥，孕育莱茵河和多瑙河。它在欧洲南部，蜿蜒而雄壮。它盯着人类从匍匐到乖张的过程，它为斯巴达克和拿破仑而感到不安，它慈祥地看着伏尔泰、雨果、歌德、但丁、卡夫卡……阿尔卑斯山，你是如何看待马克思的？

　　经过米兰。米兰教堂嶙峋的外观得以一瞥，米兰广场似曾相识。

　　经过一个海角，王导说那是热那亚，哥伦布寻找新大陆就是从这里出发的。

下午 5 时，抵达法国南部城市尼斯。很好的海岸，城市整齐漂亮。

5 月 7 日

尼斯的早晨，天气晴好。阳光那种金色似乎可以触摸，云朵也似乎可以摘过来。有鹁鸪的叫声，鹁鸪的叫声听了已久，不知哪时听了的，大约我从乡下移居温州城便少有，或者偶有听到，也充耳不闻。而在家乡双溪，这种鸟最多，形体似同灰鸽，似乎整天在叫，尤其是春天，往往雄雌应和，欢声绵绵。这种鸟不太机灵，但厚道可爱，陆游诗："竹鸡群号似知雨，鹁鸪相唤还疑晴。"绍兴和温州同在江南浙江，鹁鸪相唤似能听到。看来南宋到我少小时，在江南，鹁鸪是最普通而最普及的一种鸟，没错。

"鹁鸪——鸪！鹁鸪——鸪。"推窗不见鹁鸪。可能洋鹁鸪与中国江南的不完全一样，如同白人与黄人，但叫声是那么的真切，听来又是那么的亲切！

今天要赶两个地方的路：戛纳和摩纳哥。坐上保罗的大巴，在地中海边上蹭蹭。一点思想都没有，自己像是邮件，只有保罗注意时速，不能超过一百码。因此很好睡。看来旅游是治神经衰弱的大药，一是坐在车上身体不能完全放松，暗吃力，累；二是车子颠簸如同摇篮；三就是没有思想，什么事都交代清楚了，才去旅游。

戛纳也是海岸城市，以戛纳电影节著名。据说始于1964年，在每年的 5 月，活动两周。最高奖为金棕榈奖。张艺谋便是携《红高粱》在此得这个奖，大出了风头。电影节活动中心傍海，大礼堂外是个露天会场，会场前临街的草园中有个铁质电影节标志，形似放映机，约 1.5 米。因为 5 月 9 日要开幕，戛纳已现电影节气象，海边有人拾掇石头，有人抬来一捆捆卷成筒状的草皮，把道路边不甚理想的草皮换掉，剥也快，铺也快，喷水也快。街道上有很多广告，大幅地正从高楼往下挂。想起外国的艺术家评委那么公平且有眼力，那次金棕榈奖没有给张艺谋，不知张艺谋后来会怎么样。张艺谋艺力卓越，坚韧非凡，但人有时也是需要承认与鼓励的。

张艺谋从西部农村走来，从社会底层走来。他太熟悉农村、太熟悉人间、太熟悉人性了。他导演的作品在"人性"上做足了文章，传神的细节和个性化的人物同时闪光，非常真实地表现了人的精神世界、生存状态，充满对人类的忧患和热爱。在我看来，他是当代中国艺术能量最大的导演之一，今天是杰出的，倘不走弯路，今后可能是伟大的。

从尼斯出来，汽车在山道上盘旋多时，王导说："世界香水法国第一，而法国香水百分之六十产于这一带。你们要不要参观香水工厂？"我们的女伴回答说要。于是汽车便拐进一个厂。厂中一个法国小姐迎接讲解，王导翻译，讲香水制造从原始到现代的过程，讲 20 万公斤的鲜花仅制造 2 公斤香精（心想不就是 10 万公斤鲜花仅制造 1 公斤香精吗？），讲鼻子万分重要，法国没有几个好鼻子的，她这里有一个。心想是怎么个鼻子呢？这时她分给我一张画片，一个高男人正闻蘸了香水的纸条。小姐说，这人就是伟大的鼻子。

厂里香极，香得鼻子和喉咙都发痒，使我呼吸短促，胸闷心跳，难受甚于置身农村的茅坑。痛苦中我没有忘记两个问题，一是厂中怎么没有一朵鲜花，二是为什么这样客气。一会儿，第二个问题有结果了，带我们到厂下商店。商店不小，全是香水，刚才的小姐卖起香水来，说给出厂优惠价，没有纳税的。而王导也笑着，耐心说在法国买香水，"这里绝对便宜得多"。小姐把一种种香水喷到纸条上，这是水仙香，这是茉莉花香，抹一滴香持久三天。而我们的女伴也心动，反正要买香水的，在这里买多划算啊。

F兄问了价格，用温州话说："这是杀猪（宰客）！"但，他也买了不少，说："让王导高兴高兴，整天拉着脸，谁也受不了。"

我踱出去，一个人在树荫下看山、看海。

摩纳哥是一个盆景式的美丽国家。它是阿尔卑斯山脉吐向地中海的一个悬崖，三面是水，像一个别致的公园。只见远方的云，不见远方的路，蹄在峰间巨石间蜿蜒。这是唯一一个可乘电梯上山的国家。寡民山国，尽收眼底。海蓝风急，松响云飞。1.9平方公里的山国，最称奇的当是建筑。或倚壁瞰海，或矗崖抚云，或缆崩犹如城堡，当心大海风暴，当心拍岸惊涛。赌博和旅游，国民富得流油。3万人口，自由的国度，小得谁都不怕，因为没有军队军费，倒是世界上最安全的国家。

5月8日

坐火车，10时开车，从法国的尼斯至法国的巴黎，需要7个小时。王导八点半已送大家到火车站，是考虑万一路阻的原因。

王导的鼻子在麦克风前狠抽。说一些话，我没有听，反正巴黎另有导游接站。她曾说起丈夫是博士，小孩子也在意大利，脸上有了笑意。奇怪，女人天天坏心情，应当是爱情或婚姻的烦恼，看来她好好的。许是病吧，脸色那么暗黑，本来三十多岁的女人，是屠格涅夫笔下所谓最动人的少妇年龄。

再见保罗。这是个让人尊敬的司机，有良好的职业修养，谦让、友好，时钟一样准时。

王导买来饭包和水果。午饭时发现六人有七个饭包、七个苹果。饭是米饭，这非常好，还有一块牛排、一条小鱼、五六颗四季豆。火车中买来冰啤酒，也是不错的一餐。

我们所坐的车厢约七十人，不见喧哗。我们闲来无事打扑克，相互告诫"安静安静"，打着打着声音渐高，露出尾巴。一个高个子番女来到我的身边，脸上是恳求的微笑，说了几句番话。我不懂，问上海来的翻译 B 小姐，B 小姐说是要我们说话轻些，保持车厢安静。唉，我还以为她向我"借"钱呢。——欧洲人真是文明得可以，我在路边拍照他们总待我拍好才从前边走过，微笑招呼，像是全世界是一家人似的。拍照偶有倒退，踩了番人一脚，番人却笑着说"对不起"。对国人来说，这简直是脑袋走路了！

车厢内有男人和白毛黑斑的狗亲热，吻额，贴脸，挠足，相爱有加。据说中国人吃狗肉，吃蛇肉，番人认为恐怖，茹毛饮血。

巴黎火车站人多车杂。见一个漂亮的白人姑娘向接站的一个煤炭似的男人奔去，拥抱又接吻，黑人小伙子生得并不好看，情景叫人目瞪口呆。

接站的导游姓周，高个头，大连人，留学巴黎学法律，做导游是"勤工"。他在车上介绍了在巴黎的大致日程，并说，诸位

有另外的要求，只管提出来，能办到的全部给办。我提出增加游先贤祠，因为那里埋葬着崇敬的文化大师：卢梭、雨果、伏尔泰等。他说可以的。我说拉雪兹公墓也去一下，那里有巴尔扎克，还有个温州人的集体墓葬，他也说可以的。那蒙马特高地也得去一下，当年有毕加索、梵高等人的艺术活动，他说没问题。F兄提出今晚就去夜总会，世界著名的丽都或红磨坊，他也说可以的，只是今晚有些难，这事让他的老总办。

晚饭在一家华人餐馆，不想又是温州人开的，四五个姑娘老乡做服务员。有个说老家在谢池巷，有个说老家在任宅前，我说我在温州晚报社上班，就在任宅前。她说哎哟，这里有一张名片，也是你单位的人。拿来一看，真叫我高兴，他是我们的老总。这时又一拨华人游客到来，熙攘不容多谈。我要买啤酒，她们说法国葡萄酒便宜、划算，较好的仅四十法郎。当晚喝了葡萄酒，好。

夜读《欧洲日报》，据说是亲台的报纸，见巴黎市长游说十三区。十三区多华人，呼吁华人支持巴黎申奥，市长还说巴黎胜券在握的话。另见译法不同，中文译"瓦尔德内尔"，《欧洲日报》译"华德纳"，比中文简洁；中文说"黑客"，《欧洲时报》说"骇客"，各有千秋，"黑客"形象，而"骇客"译出了心情。

5月9日

游卢浮宫去，广场上有排队的长龙。周导说旅游公司曾说今天有罢工的可能。提议先去宫边奥托利公主花园逛逛。周导说，大家不要觉得太稀罕，西欧特别是巴黎，罢工是家常便饭，说罢就罢，这是人权之一。罢工总是有理由，法国人见怪不怪。

广场有"狮身人面"人，全身裹着"金衣"，露出眼睛和鼻子，站在裹金的凳子上。干什么，见凳下有个碗便知道了。乞丐全世界都有，前几天见到拉大提琴的壮汉；身材窈窕的舞伎。老实说，我是不会给钱的，给钱就是鼓励。在异国，我也没有义务；在国内，他应当找政府，我们的纳税是不轻的。

奥托利公主花园毗连卢浮宫，绿草、红树，远处周边朴拙的建筑映衬着，漂亮至极。

游巴黎圣母院。正门用六国文字写着同样的一个词："沉默。"而中文排列第一。我不禁汗颜。我对"巴黎圣母院"可谓久仰了，还有雨果，我不仅读过他的几部书，还由于他的"人类关怀"：英法联军抢烧圆明园，这位先生义愤填膺、痛心疾首。他不是爱国主义者吗？当然是！作家首先得有一双明亮的眼睛。这双眼睛首先不是观察春花雪月、草木虫鱼，而是注视人道、正义和真理。雨果因为《悲惨世界》、因为《巴黎圣母院》而显得伟大。当然，我游的巴黎圣母院是先生写作的"托地"而已，看不出和佛罗伦萨的不同来。

我努力做到沉默，沉默进，沉默出。

瞻仰先贤祠。名人墓在地下室。雨果和左拉相处一室。最出风头的是伏尔泰，墓室大，紫红花岗岩大椁，上雕头像，边有介绍。他的对面是卢梭，法国作家中我最喜欢的人。而喜爱仅仅基于《忏悔录》而已。他忏悔的真实是世界传记中所罕见。他出身寒微——钟表匠的儿子。当过奴仆，他靠他的天赋，渐渐成为哲学家、思想家、教育学家、文学家和音乐家。从《忏悔录》中可以看出，他老年时的思维仍很缜密，情绪有些感伤。他主张自由、平等，但与后来的马恩激烈的观点又有不同。人生道路非常坎坷，当局迫害他，上层人计较他的出身，排挤、打击他。情感上没有找到一个至爱，一生梳理起来仅一个单相思而已：少年时对一个妇人华伦夫人。她尊敬伏尔泰，阴沉的伏尔泰却不屑她！

逛中文书店，见大陆和港台的书。高行健的书齐全，洋洋大观，为国内所不见。

中餐没有酒，一抹嘴，算了！午后乘两次电梯抵达埃菲尔铁塔顶层，巴黎尽收眼底。下来游塞纳河。又乘车至蒙马特高地。法国文艺作品中老有"蒙马特高地"，叫人不去也不行，去了也就是一个石灰岩山丘而已。首先撞入眼帘的是圣心院，也称白教堂。通体白色，建筑别致，罗马式和拜占庭式相结合，周围四座小圆顶，中间一座大圆顶，在蔚蓝色的天幕下熠熠发光。进去，很亮，我惊呆了，那么大的一个教堂。那么多的人坐在里头，鸦默雀静。受难耶稣，钉臂示人。白胖修女，素帽玄袍。四围白烛，豆光清辉。我第一次认识到"肃穆"二字的真实含义，厉害啊，宗教这东西！

圣心院不远处，有被称为画家乐园的小广场。作画、卖画、搭建的棚儿多，给人杂乱的感觉。观他们的画都有别于中国，但不知谁将是日后的梵高、毕加索。赶忙下山，周导叫"这就是毕加索故居"，车轮滚滚，看不真切。周导又说"那边就是红磨坊"。挡着，看不到。红磨坊和丽都都是夜总会，反正今晚观丽都。

丽都在香榭丽舍大街。夜幕下的丽都非常耀眼，霓虹灯下人们有点喧闹，有点冲动。周导所在旅游公司的经理、一个柬埔寨小个子把我们安顿在较后边的地方。相当于 750 元人民币的门票怎么是这么个位置呢？F 兄愤愤不平，但没有办法。音乐响着，舞台处舞动着众多只争朝夕的男女。

5 月 10 日

游凡尔赛宫、卢浮宫。

卢浮宫门口，有人发传单，说明昨天罢工的缘由，要求理解。我向他们行点头礼。

卢浮宫内有四十万件艺术品，许多是拿破仑时代被征服国的东西，也有的是从埃及、希腊、罗马以及东方各国掠来。去找中国的东西，找不到。找不到也无所谓。那么多东西，只好观花。眼花缭乱。镇宫三宝《维纳斯》《胜利女神》《蒙娜丽莎》都看了，没有特别的激动。想起圆明园，不知当年是怎么个样子，有多少珍宝。看残垣断壁，似是仿欧。又想起有人要修复它，愚不可及，人家英法联军又烧又抢，现在我们倒去销毁历史！废墟不也有内涵，不也很美嘛！

昨天的司机是埃及人，五十多岁。今天的是斯里兰卡人，是干练有礼貌的中年人。按规矩，司机和我们分餐，我们总是通过周导招呼他们同吃，两位像是很感激的样子。今天的司机七八年前偷渡抵法，和巴黎一个离过婚的女子结婚，生有一女，三年前离了婚，是他带的孩子。

午后他们去"老佛爷"购物，我一人乘车去拉雪兹公墓瞧瞧。那条路严重堵车，为不为难司机，我要求折回。我找到起劲购物的诸位，诸位满脸通红，六亲不认的样子，叫人害怕。H 小姐真是购物女神，每遇一店，本就不买，却要拿来捏在手里看看摸摸，再还给别人。倘若要买，那就摸了又摸，比较了又比较。对她来说，时间过得太快，恨不得在商场住下来。回想在香港，我们单位一女四男逛街，从早晨七点到晚上八点，那一女兴高采

◎ 先贤祠，伏尔泰棺椁

192

烈，毫无倦意，而我则脚肚哆嗦、脚板灼痛，只得一个人搭地铁先回。在商店，我的双眼没有一点神光。

F兄要买金表，打电话给在巴黎的少年朋友，少年朋友来帮他买了金表。因为是少年朋友，又因为托我们捎二十万法郎回国，故在巴黎最大的中国餐馆宴请我们。席间讲到刚到巴黎时，辛勤打工，历尽磨难，不禁唏嘘。她的丈夫在，另有一对俊男靓女在。F兄烂醉。

在巴黎我有四个少年朋友。一是阮兄，一位非常豪爽义气的曾经的同事。几趟回国都聚头，据说一次偷税被抓，罚得不轻。二是C君，高中女同学，对我似有"意思"，和我相恋的一个女孩吵过一架。因为毕业时醉过酒，当时思想嫩，鄙夷过她。据说生了4个孩子。三是S君，窈窕甜脸，对我吸引力很大，我曾经短时期倾情于她，又很快告别她。她订婚时，转来一包糖。四是J君，她的妹妹是我的学生，我有书借给她，她出国时在北京曾来长信，到巴黎也来长信。我回信，她却没有收到。四年前回温，约我见面，分别时说不再见我云云，可她一直在我的心上。

二十年了，大家都已不惑，还是留下当年的美好吧。我不打扰。

5月11日

从法国比利时——或者在整个欧洲穿梭——国界处从无盘问和签证，像是一个国家，不像到香港、深圳、珠海。布鲁塞尔，周导引我们踱进一个华人饭店——又是华人饭店。其时已有一个浓眉大眼的小个子抹好了嘴巴，自称是我们旅欧生活最后一名导游，他们做了交接。

在我旅游生活中，周导是素质较高的人。有修养，毫无市侩庸俗气，他在真正关心旅客。回想国内也遇到过几个较好的导游，都是男的。长白山一个，热情有加，可惜浅薄；海南一个倒是不浅薄、幽默，来自河南，自称北方的狼，可惜旅客不购物他便不高兴。——没有导游倒真不方便，有了导游经常生气。我拍周导的肩膀，感谢他。

小个子导游姓王，与意大利女导游同姓。傲慢的白脸，眼光尖酸尖酸的。我们用温州话交换意见，认为他不是好东西。后来所见的确是这样。——对于某些人，真的可一眼看出是不是个好人！

王导将我们带到布鲁塞尔市政广场，整整有一个足球场大小。王导背南面北介绍，他身后是肖邦故居，左边是小天鹅旅馆——马克思故居，《共产党宣言》就是在此地写的。右边走去几十米是市长广场，左边穿过巷弄便是著名的"尿童于连"。王导说，"一个半小时之后，你们到这里来见我。"

肖邦的故居有文字标志，一个多边形的木牌。故居下方左右是茶座，听肖邦的钢琴奏鸣曲，呷啤酒，多是重情调的外国人。而"小天鹅"没有文字标志，先见两对欧洲青年男女坐在台阶上歇脚，后见一群中国游客站着拍照。问比利时人马克思，答曰"哲学家"。西方人认为马克思没有什么罪过，但不幸他的学说被人拿来实践了。"一个幽灵，一个共产主义的幽灵，在欧洲徘徊。"马恩以散文诗的笔调，以青年人的激情写下《共产党宣言》的

◎ 小天鹅宾馆和中国共产党员们

时候，"小天鹅"里当有活力。燕妮非常美丽，而马克思和女仆海伦还有一腿（生过一个男孩，认恩格斯做父亲，恩晚年澄清此事），有钱的恩格斯在这个家里格外愉悦。他们著书，争论，着棋，郊游，友谊有，爱情也有。

在马克思死后5年，恩格斯说过一段话。大意为共产主义理

论上是说得通的，实践起来是非常可怕的。

市长广场没什么看头。一个小广场，一个坐着的市长铜像。说是五十年前这个市长造了这个广场：如此而已。广场另一边，还有两个雕塑：堂吉诃德和桑丘。小说人物跑出来了。"尿童于连"更叫人失望，躲在小街一隅，永不停歇地撒"尿"。说是这个于连

◎荷兰风车村

在"一战"时尿湿了敌人的导火线，布鲁塞尔才避免爆毁。神话一般。唉，比利时的文化底蕴是多么贫乏啊。——论旅游资源，中国当是大国。

我发觉布鲁塞尔厕所的尿缸特别高，问王导比利时人身材是否很高，答曰是，全世界人平均身高比利时第一，荷兰第二。

买了两箱巧克力上车。车拐了十分钟，抵达宾馆"潮州皇宫大酒店"，又是华人开的，"哪里有水，哪里就有中国人"。而大酒店里的华人店员已是第三代华裔，一口流利的比利时语，而中文说得极勉强。想当年祖辈浪迹天涯艰辛谋生，危难多舛，实在很不容易。

5 月 12 日

绿色面包车在高速路上飞驰，荷兰似乎是个无人的国家，空旷美丽，神话一般。花斑奶牛和白云一样平静又安详，牛群很少踱步，团结友爱，蓝天下所在都是萋萋绿草，没有叫唤，没有争夺。阵阵飞鸟在树草间掠过，牛们不理会，同伴间两鬓摩挲。

荷兰的田园是西欧最美的，简直找不到破乱和无序，甚至田埂都很少，许多土地闲置养草，红郁金香、黑郁金香、黄郁金香垄垄整齐挨着，一垄就是上百亩。是卖呢，还是就地观赏？不知道。村落则树荫蔽之，露出红瓦白墙。和平而又宁静。在这方面，祖国一下子还达不到。

观风车村。美轮美奂，如诗如画。

可不时有战机掠过，把苍穹的蔚蓝色剪得零乱难看。这是北约训练的战机，确是为了和平，但威胁带来的不安阴云不时笼罩着许多国家。荷兰一直待在北约，军事并不强大，可船造得好，结果是水上军器也造得好。靠这个，荷兰发了不少财。

到荷兰是不能不看拦海大坝的。而兼任司机的王导却说不去了，线路上不便。合同上写着有，我们恳求又恳求，王导不同意，说我等知道点知识便瞎摆布了。言语中又说自己父亲是北京人，母亲是上海人，好像是说游客就得听导游的，温州人就得听北京上海人的。我们据理力争，这小子居然说"中国人就是没办法"的话。这话激怒了我，我说导游就是服务，我们是甲方和乙方的关系。S兄即与国内某部门联系，提出交涉。最后，王导屈服了。

大坝之长，目不能穷。大坝把海切开，拦住了世界上最低国家免被水淹。当年希特勒入侵，荷兰做好抗击的准备。法西斯威胁："不投降，即炸毁大坝！"遂投降。荷兰不投降会怎样？"舍生取义"可不可以？荷兰真的不投降，法西斯真的炸毁大坝？都是很难回答的问题。

大坝上有一雕塑："劳动者。"在石头基上，"劳动者"翘起屁股，用力端石头。下午在海上飞船观光，阿姆斯特丹一个博物馆像一艘巨轮"停泊"在海边，起名××××博物馆，××××即是设计者名字。

阿姆斯特丹观光码头并不像荷兰田园那么迷人，有些杂乱。特别是自行车把本就狭窄的街头塞得透不过气来，王导说荷兰"自行车满街歪，丢车没有买车快"。

荷兰是世界上允许毒品买卖的国家之一，奇怪买吸毒品的多

© 荷兰风车村

是别国人，荷兰人极少。这大概同政府的引导和荷兰人的素养有关。在街头，我见到橱窗内活植的罂粟，没有见到吸毒或毒品交易的场景。但一个政府允许毒品买卖并从而纳税，是不可思议而且有悖人道的。